Vous avez découvert la même chose que moi,
que la seule chose à faire sur cette terre,
c'est d'attraper de nos deux mains
ce qui passe à notre portée,
jusqu'à ce que nos doigts se brisent.

The Fugitive Kind, Marlon BRANDO

La seule écriture valable, c'est celle qu'on invente...
C'est ça qui rend les choses réelles.

Ernest HEMINGWAY

À Steffen K.
et Ariel K.

I

Everything is perfect,
dear friend.

Jack KEROUAC

JFK aéroport, New York.

Un homme sort de l'aéroport. Personne ne l'attend. Pas signe de femme ou d'enfants, pas de pancarte avec son nom inscrit, dont la dernière lettre manquera certainement. Une casquette bleue cache le haut de son visage. Son menton est recouvert d'une barbe parfaitement taillée. Ses vêtements sont noirs. Il pose son sac sur le trottoir, sort un paquet de cigarettes de son manteau de pluie, fouille ses poches, marche vers une poubelle, regarde autour de lui. Personne ne fume. Il attend. Il observe un jeune homme qu'il a remarqué dans l'avion qui marche dans le sens opposé et disparaît derrière un autobus.

Aucune parole échangée. Il interpelle un taxi, range son bagage dans le coffre du véhicule, s'installe sur la banquette arrière, étire ses jambes devenues rigides, enlève sa veste, ajuste son pull. Il parle avec le chauffeur. Il ouvre la fenêtre. La voiture démarre. La nuit claire aspire un nuage de fumée blanche. L'homme ferme les yeux.

VINCENT

Me voilà à nouveau au point de départ. Moi, le chien volant. J'ai beau partir, je reviens toujours au même endroit. J'habite toujours le même appartement. Et chaque fois, sans toi c'est pareil, le trajet en taxi est trop long. Il serait temps qu'on invente un moyen pour atterrir en plein Manhattan ou le long de l'Hudson River. Ce serait tellement plus spectaculaire. Traverser le Queens est un tel calvaire. Par contre, dépasser le cimetière me remplit de joie. À chaque fois, je me dis que je devrais le visiter. Pierres tombales au premier plan, gratte-ciels à l'horizon. Tu m'avais dit que tu m'y emmènerais. J'attends toujours. Je sais. Encore une excuse. Je ne devrais pas. Même pas pour toi. Les mauvais moments passent. Concentre-toi sur ton présent. Je souris. Dans une vingtaine de minutes, je serai à la maison. J'ai cru perdre mon temps à tourner en rond. Killing Time. Mais, non, le temps, ça ne se tue pas. Il est immortel, quelle que soit sa fin. Le temps est comme un soupir, il s'allonge ou se raccourcit, en fonction de l'humeur. Ce n'est rien d'autre qu'une émotion. Lucas, tu fais chier. Tu t'es tiré sans un mot. Sans même dire au revoir. Je n'ai pas aimé. Certainement une de tes habitudes qui m'a demandé le plus de travail. Tu pouvais disparaître d'une seconde à l'autre. Il ne fallait surtout pas chercher à comprendre. Tu aimais ce jeu. Manipulateur à laisser l'autre dans l'irrésolu. Tu me connais, moi et mes doutes, ce que je pouvais te prendre la tête. Tu m'as laissé sans un mot. C'était ton choix, c'était ta vie. Mes sentiments n'ont pas changé. Je ne suis pas sûr, d'ailleurs, que tu n'en aies rien à foutre. Jamais tu me le diras. T'es trop fier. T'es encore qu'un môme, gâté par la vie, qui a tout obtenu sans avoir eu besoin de sourire. Mais moins tu donnes, moins tu reçois. À ton départ, putain, ce que j'ai ramé. Aujourd'hui, je ne t'attends plus. J'ai compris ce que je refusais de comprendre. Ce fut une cure de désintox forcée. Tu sais combien j'ai horreur des obligations. J'étais devant un miroir et je n'ai pas aimé ce que j'ai vu. Mes crises abandonniques... Quelle faiblesse ! Je t'entends me dire – Get over it !

Grâce à ton absence, j'ai dû faire face à ce que j'étais devenu, un sacré con. Putain, la claque. Pas triste, mais je ne vais pas m'étaler sur mon propre sort. Je suis curieux, insatisfait, rarement rassasié. Certains sont un panier percé, moi, c'est la soif de découverte. J'ai eu tellement peur de mourir que j'ai dit oui à tout et à tout le monde.

Tu te souviens quand je venais te chercher à l'aéroport ? C'était la fête, c'était le printemps, c'était l'inattendu, des surprises permanentes. Depuis que tu es parti, je m'emmerde, mon vieux, t'as pas idée. Ma vie m'ennuie, et certains jours, je ne peux pas m'empêcher de penser qu'elle n'a aucun sens, aucune saveur, qu'elle est devenue rangée, facile. Oui, beaucoup trop facile. Je n'ai plus personne qui me bouscule, qui m'engueule. Avec toi, je me sentais tellement libre. Ce que tu m'as fait bouger avec tes coups de pied au cul... Notre vie de bohème me manque. Nos lendemains incertains. Nos nuits blanches. Nos disputes. Les risques qu'on a pris. Notre courage. Notre vigilance. Notre révolution. Et puis, il y avait nos grasses matinées, à se réveiller l'un dans l'autre, à se rendormir l'un sur l'autre. Pour le reste, je préfère l'oublier. Ce dont j'aime me souvenir, c'est de la chaleur de ta main. Parfaitement gravée sur ma nuque.

L'intimité m'a toujours paralysé. Tu avais cette arrogance de ne pas avoir mal quand j'avais mal. Quelle force. Take it like a man. Ça ne pouvait plus continuer, je suis passé d'un extrême à l'autre. Le système m'a englouti. Je n'ai plus de révolte. Je ne suis plus en guerre. Je ne participe à aucune croisade. Je ne fais rien d'illégal. Je n'ai plus de mission à remplir. Je n'ai plus la rage. Je ne m'emporte plus. Je ne touche plus à la drogue. J'ai arrêté de fumer. Jamais de ma vie, j'aurais cru y arriver. Je ne bois plus. Une bière de temps en temps. Je tâche de ne pas devenir un terroriste de la vie saine. J'apprécie encore les exceptions, ces excuses de célébration. L'alcool fort ? Loin. Terminé de me mettre la tête à l'envers. Je n'ai plus trois jobs en même temps. Je ne cours plus de gauche à droite, comme un dératé. Ce qui en a découlé ?... Je suis moins fatigué. Je fais des pauses. La sieste. C'est le confort. Je me suis mis à la course à pied et je vais même prendre des leçons de conduite. Je fais la paix avec mes erreurs. Je me réconcilie avec moi-même, avec mes ex, avec mon père. Qui l'aurait cru ? Ce n'est pas demain que je pourrai le serrer dans mes bras, faut pas pousser. Il a fallu qu'il perde la vue pour que je voie du respect dans son regard. On aura mis le temps, à savoir se parler. Les crises, les pleurs, la violence, les conflits, c'est prouvé, ça n'a jamais été productif. Je lui donnais trop d'importance. Je le voulais comme toi, fort, grand, protecteur. Il n'est rien de tout ça. Je n'ai plus besoin de l'éviter, je ne suis plus intimidé, je ne me laisse plus manipuler. C'est certain, je change de repères. Même si mon père m'a brisé, enfant, et m'a éduqué comme un chien, lui qui ne les aimait pas. Pour son bien, j'étais sa propriété. Oui, il me nourrissait de croquettes et je lui en étais reconnaissant. Pour me protéger, il m'a tenu en laisse. Je ne me suis pas enfui. Tout ce que j'ai réussi à faire fut de m'arracher la peau du cou. Si je ne lui rapportais pas la balle qu'il me lançait de son air victorieux, il me cognait. Je ne compte plus ses pertes de contrôle qui m'ont immobilisé des mois durant. Être un bon chien est tellement plus facile qu'être un humain. Un rien me fait plaisir et je suis d'une fidélité irréprochable. Quand je tombe amoureux, c'est la planète entière que j'ai envie de savourer. Je me démultiplie. Je suis un chien qui aime les chats. Pour tous nos pères, leur erreur a été d'avoir des fils, rien de moins, rien de plus. L'esprit de compétition est poussé à son paroxysme. Les enfants, c'est un truc de nanas ou de pédés, tu ne crois pas ?

Mon père avait parcouru le monde, s'était rendu sur tous les continents, connaissait les étoiles et la cinquième saison. Mais les voyages ne forment pas un homme, ce sont les rencontres qui révèlent son visage. Que ce soit Londres, Hong Kong, ou New York, dans les années cinquante, tu n'imagines pas ce qu'il en ressort ? Une victime. J'ai vu des photos de lui, à cheval, à Central Park, il ressemblait à Paul Newman. Il aurait pu faire du cinéma. Il aurait pu avoir le monde à ses pieds, s'il avait su donner. Mais il garde ses souvenirs pour lui. Les amis de mon père sont ceux de ma mère, elle, qui, pendant de nombreuses années, était si fière de lui. Avec tout ce sérieux qui émanait de lui, il avait certainement compris le sens de la vie. Pourtant, personne ne sait rien de lui. Comme toi... Vous vous ressemblez étrangement. High-maintenance. Self-absorbed. Votre moral n'a pas d'égaux. Un écho ? Vous auriez fait une sacrée paire. Être désolé ne sert à rien, demander pardon est un début, j'espère qu'avant de mourir, il arrivera à prononcer ses erreurs. Après toutes ces années, ce serait excitant que ce soit son tour.

Je me suis marié trois fois, j'ai divorcé dix mille fois. Je me suis trompé et j'ai beaucoup trompé. Non, je ne me suis pas ennuyé. Ce n'est qu'à ton départ que j'ai voulu devenir meilleur. Tu m'as fait découvrir l'amour dans un autre registre. Sans avoir voulu me changer, par ta joie de vivre, tu m'as contaminé, et petit à petit, je me suis éclairci. J'ai effacé cette haine que j'avais contre moi. J'étais énervé contre tout, même contre ceux qui me voulaient du bien. Je ne faisais pas la différence. Je ne faisais confiance à personne. Je ne croyais en rien. Il me faut encore taire ces voix qui ne cessent de m'envahir. Je me préserve à ne pas croire tout ce que j'entends. Je reste concentré. Assouplis le regard. Donne un peu de tendresse à tes lèvres. Garde un visage lisse, comme celui de Francine, avec ses quatre-vingt-dix ans, qui, la première, m'a appris l'amour inconditionnel. Du haut de mes treize ans, j'avais rendez-vous, tous les mardis à midi, pour déjeuner chez elle, une heure et demie, chrono en main à lui raconter ce qu'il s'était passé dans la semaine. À chaque départ, elle me donnait, sur le pas-de-porte, une pomme. Elle ne le sait pas mais jamais je ne l'ai mangée. Je la laissais joyeusement pourrir dans la poche de ma veste jusqu'à la semaine suivante. Parfois, par souci de symétrie, j'en gardais une de chaque côté. Je sentais la pomme, le cidre et, parfois, le compost. On ne se reverra certainement plus. L'été dernier, par téléphone, on s'est dit adieu. Elle, qui n'a jamais voyagé, qui est restée plus de soixante-dix ans avec le même homme dans leur petit appartement, sans moyen, sans fantaisie, au milieu de ses livres et de sa radio, elle connaît le monde aussi bien que les habitants de son immeuble et de son quartier. Il n'a aucun secret. J'ai habité dans une vingtaine de villes différentes, j'ai exploré le monde, le sillonnant en long et en large, usant des milliers et des milliers de kilomètres, avec quel espoir ? Celui de fuir mon ombre. Et puis, il y a eu ce jour quand tu as débarqué à New York. Tu fus mon prince, j'ai été ton renard ou une rose sans épines, peu importe. Tu as su comment m'apprivoiser. Putain, Lucas, sur quelle planète es-tu ? Dans quel désert te promènes-tu ? Où es-tu parti ? Pourquoi ne m'appelles-tu pas ? Problème de réseau ? Est-ce que j'aurai, un jour, la chance de te revoir ? Qu'ai-je fait ? Merde, qu'ai-je fait ? Rien, je sais... Ton départ ne m'appartient pas.

Même s'il y a encore ces jours où je m'ennuie, où je me sens vide, d'envies, de désirs, je ne vis plus dans l'attente. J'ai un job, un bon job, j'ai du fric que je gagne honnêtement, j'ai droit à des vacances payées, je paie mes factures à temps. Tout est prévisible. Je ne vais plus à contre-courant. C'était éreintant. D'un côté, je suis content de moi, et de l'autre, j'ai peur que cette sérénité n'ait aucune saveur, sinon celle d'avoir la conscience tranquille. Putain cette stabilité. Dans la précarité, au moins, t'es fier de t'en sortir, t'as de la satisfaction. T'es remonté à bloc. T'as cette adrénaline qui te donne des ailes. Comment la trouver dans cette tranquillité, sais pas... Pas simple.

La nuit dernière, j'ai fait un rêve, on était ensemble, on marchait dans le métro, on marchait carrément sur les rails, c'était magnifique, tu m'avais recouvert les oreilles de ouate, les bruits de la ville ne m'atteignaient pas, les sirènes, les pompiers, les flics, les travaux, les chantiers. Ta voix, j'te promets, je l'entendais parfaitement, je ne disais rien, j'étais trop content de me promener avec toi, de te sentir à mes côtés. Je t'ai à peine reconnu, tu étais si différent, tous tes trucs de cul, de sexe, de foire, ton excitation à repousser continuellement les limites. Toute cette impatience semblait si lointaine. Je ne t'ai jamais vu aussi serein. Je ne me souviens pas exactement de ce que tu me disais. Tu étais tranquille. Tu me disais que je devais être patient et rester honnête. Putain, t'as pas idée, encore une fois, t'as débarqué au bon moment. J'angoissais de rentrer à la maison et de reprendre mon boulot lundi matin, j'étais à nouveau dans une de ces phases d'envoyer tout péter. Je voyais mon boulot comme un boulet, je voyais mon boss comme si je lui appartenais, tu vois ? Je n'avais qu'une envie, tout plaquer et reprendre la route, retrouver ma liberté et l'inconnu du chemin. Oui, Lucas, je fais toujours la même chose, j'ai toujours la même vie. J'ai changé de patron. Mais les patrons resteront toujours pareils. Tu sais très bien que t'es toujours remplaçable même s'ils prétendent le contraire, et que t'es là pour les enrichir eux, jamais toi. Mon boulot est un boulot, rien qu'un boulot. Ma vie s'envole ailleurs, je n'appartiendrai jamais à personne. Les challenges, la nouveauté, les jeux de rôles c'est ce qui me fait avancer. Je garde en tête mes milliers de vies et l'espoir que tu as mis en moi.

Mes papiers sont en règle. Je peux à nouveau sortir et rentrer comme il me plaît. Je me fais toujours arrêter mais ça ne me prend plus la tête. Qu'est-ce tu veux, je suis fiché. J'ai merdé. Faut bien assumer. Et si c'était à refaire, je ne changerais rien.

Ce que je voulais te dire, et c'est ça l'important, rien d'autre, c'est que tu m'as donné plus que de l'amitié. Plus que de l'estime. Plus que du respect. C'est au-delà. Tu te fous de ma gueule, je suis sûr et t'as raison de sourire. Ouais, sous toutes ces couches, je continue de croire à l'amour. Je ne sais pas ce qui m'attend. Je n'ai plus rien à dire, je garde le silence et j'en profite. Je bosse, je ne me préoccupe de rien d'autre. J'espère qu'un jour, j'arriverais à méditer devant ces *étendues de calme*. Les week-ends, dorénavant, se déroulent d'une manière totalement différente, je prends le train qui m'amène à la mer – Long Island, Montauk ou New Haven – et je nage par tous les temps. Je vais mieux, je suis seul. Je ne parle plus pour faire plaisir. Je ne me cache plus. Après avoir été grisé par le speed, je commence à voir qui je suis. Tu m'as montré que l'on pouvait m'aimer.

Maintenant, il y a certaines choses dont je suis absolument sûr. Comme le fait que je ne pourrais plus quitter New York. J'aime la folie de cette ville. Elle est dure, pourtant, elle me rend serein. Je ne quitterai jamais mon appart. Le jardin sur le toit ressemble aujourd'hui à une forêt. Ta chambre est toujours libre. Ne t'inquiète pas, je ne fumerai plus de joints, j'ai passé plus de vingt ans à ne pas voir ce qu'il y avait au-delà de mes mains. J'ai suffisamment dormi. Je vais m'en sortir. Pour une fois, je ne suis plus dans l'urgence. Je ne m'arrête plus aux détails. Je me projette dans ce qui est plus grand que moi, dans le long terme. Je ne me reconnais pas. Ce n'est pas hallucinant mais le bonheur, comme la vie, ne me fait plus peur.

Il y a quelques jours, Arnaud m'a appelé, il m'a annoncé qu'il revenait habiter à New York... J'te jure qu'on fera attention. Ça fait longtemps qu'on ne s'était pas parlé. Toujours trop préoccupé, à part lui, le monde n'existe pas. Et j'sais, avec sa volonté d'avoir toujours raison et de vouloir tout comprendre, y a des claques qui se perdent. Tu te souviens que tu voulais lui parler ?

Ce que je voulais te dire, tu le sais déjà... Avec toi, je n'ai eu aucune raison d'avoir peur. Je garde ce cap lors des tempêtes. Tu vois ce que je veux dire ? Très bien, alors, où que tu sois, à la plage ou à la montagne, seul ou avec ta meuf, profites-en un max parce que j'espère que tu t'en fatigueras très vite. Tu me manques, t'as pas idée. Je te l'avoue. Je hais l'incertitude de ne pas revoir ta gueule dans le quartier. Et si on devait se recroiser, au hasard d'une rue, d'un bar, je ne sais pas comment je réagirais. Il y a encore des jours où je préférerais te savoir mort. Ne t'en fais pas, tu restes mon héros. Je ne me sens plus au ban du monde.

II

You are a fool
for sticking around.

Thom YORKE

New York, 104 E 4th Street.

À l'intérieur de l'appartement du troisième étage, l'unique lampe à pied dirige sa lumière froide sur l'espace vide. Une simple ampoule pend au plafond de la cuisine qui donne sur le living-room. On ne peut pas dire que l'atmosphère soit chaleureuse, le lieu est inoccupé. Le mobilier se résume à un canapé, une longue table en bois où peuvent se retrouver une dizaine de personnes. Quatre chaises blanches. À côté du canapé en velours brun, une dizaine de rangées de vinyles appuyés contre le mur, des livres débordent d'une bibliothèque en bois clair. À son sommet, une photographie est accrochée, on y distingue le détail du cou d'un homme qu'une ceinture étrangle.

Les fenêtres sont fermées, il n'y a pas de rideau. Aucune plante. L'espace est grand et certainement très lumineux, la journée. On ne sait pas si le locataire vient d'emménager ou s'il n'a jamais pris le temps de s'installer. Dans cet entre-deux, il n'y a que le frigo qui se lit comme un album recouvert de cartes postales, de post-it, de photos. Deux garçons discutent assis l'un en face de l'autre. Sur la table, une bouteille de vin, deux verres, un cendrier, quelques magazines, des clopes, du papier à rouler. Dans un coin du séjour, un chat dort dans un fauteuil en cuir noir face à une télévision éteinte. Un homme regarde autour de lui.

ARNAUD

J'y crois pas, ça n'a pas changé, ici. Ça fait trop longtemps que je ne t'ai pas vu. Comment vas-tu ?

VINCENT

Je vais bien, ouais, je vais super-bien ! Et toi ? Ça te va bien, cette barbe !

ARNAUD

Merci. Ça fait au moins quatre ans que je ne suis pas venu chez toi. C'est pareil, ce serait même plus radical, non ? Mon cher, tu fais vraiment tout à l'envers.

VINCENT

Ouais, j'ai beaucoup jeté, j'en pouvais plus de tout ce que j'avais accumulé. J'étouffais. Et depuis ce grand nettoyage, j'ai jamais pris le temps de faire quoi que ce soit, mais attends de découvrir ce que j'ai fait sur le toit. T'as pas vu le jardin, mon gars.

ARNAUD

Je veux voir.

VINCENT

On ira y boire notre café demain matin.

ARNAUD

OK.

VINCENT

Tu vas halluciner, j'ai carrément transporté des arbres et j'ai planté un bouleau. Tu vois que je pense à toi !

ARNAUD

Oh, t'es trop cool. J'ai hâte que tu me montres.

VINCENT

Ouais, les voisins, ils me prenaient pour un fou, n'empêche que maintenant ils sont morts de jalousie. En trois ans, t'as pas idée comme ça a poussé.

ARNAUD

Quel bien ça me fait d'être de retour à New York. J'ai bien cru que je ne reviendrais jamais.

VINCENT

Il est à quelle heure ton rendez-vous ?

ARNAUD

Demain, dans l'après-midi, entre quinze et seize heures, je vais pouvoir dormir un peu. Putain, il me faut ce job. Il me le faut. Tu te rends compte, revenir ici... Cette ville de cinglés m'a tellement manqué ! Et si t'as personne dans la chambre d'ami, le temps que je me trouve un appart, on pourra à nouveau habiter ensemble, qu'en penses-tu ?

VINCENT

Tu pourras rester ici. C'est ta chambre.

ARNAUD

Suis trop excité ! Bon, pas de plan sur la comète. On verra bien. Et comme on a toujours dit, si ça doit se faire, ça se fera. C'est aussi simple que ça.

VINCENT

Exactement, mon cher, c'est la loi de l'attraction !

ARNAUD

Quand je t'ai appelé, tu m'as dit que ça tombait bien que je vienne passer quelques jours...

C'est certain, ça fait trop longtemps qu'on n'a pas passé du temps ensemble, mais tu voulais me parler d'un truc et tu ne voulais rien me dire au téléphone ? T'as rencontré un mec ? C'est quoi cette histoire ?

VINCENT

Ouais, mais, tu sais, ça peut attendre demain. Tu débarques, tu dois être fatigué.

ARNAUD

Tu rigoles ou quoi ! Ça fait trois jours que j'en dors pas. J'te connais, y a pas qu'un mec, là-derrière. Et si, fauché comme t'es, c'était à moi de t'appeler à chaque fois que tu rencontres un mec, j'aurais intérêt à bosser aux Télécom !

VINCENT

T'es con. J'arrive, mon gars. J'arrive. Je t'avertis qu'on en aura pour un moment. Tout d'abord, je te sers un verre ? T'as mangé dans l'avion ? T'as faim ? Tu veux fumer ?

ARNAUD

J'ai pas très faim, mais je veux bien de tout.

Il s'allume une cigarette, expire bruyamment, ses épaules se relâchent. Un homme se lève, va à la cuisine, prépare deux vodka-glace, rajoute un peu d'eau minérale et revient s'asseoir.

VINCENT

Je ne te le dis qu'une fois, tu fais comme chez toi, OK ? Je ne veux pas pousser à la consommation. Ouais... J'essaie de me remémorer la première fois que je l'ai vu. C'était au club de sports.

ARNAUD

Oh, c'est gros comme une maison. Non, dis-moi que ce n'est pas ça. Les vestiaires ?

VINCENT

On en aura pour toute la nuit, si tu commences à m'interrompre. J'te le concède, c'est pas très original, mais, putain, laisse-moi parler et garde tes commentaires pour la fin. T'as pas changé ! Donc, je m'entraînais aux poids libres...

ARNAUD

Oui, tu détestes les machines ! Tu m'as toujours dit que c'était pour les nazes...

VINCENT

Ça va être plus compliqué que prévu, je crois. Laisse-moi te rouler une cane... Relaxe... J'étais face au miroir, je faisais mes exercices, quand il a débarqué. Il était tranquille, sûr de lui, un mec qui paraissait super-sain, en fait !

ARNAUD

Il n'en court pas les rues, c'est vrai. Tu ne l'avais jamais vu ?

VINCENT

Non. Je ne l'avais jamais croisé. Le lendemain matin, ou le surlendemain, je me suis débrouillé pour y être à la même heure. Il était de nouveau là.

ARNAUD

Petit futé... Essaie de me le décrire, quel âge avait-il ?

VINCENT

Il était plus jeune que moi, il devait avoir... vingt-cinq ans, il était grand, fin. Il était super-bien foutu, des épaules et des bras à tomber, putain, son corps... Il s'avère que c'était un mec... J'peux dire les noms et tout ?

ARNAUD

Oui, bien sûr, on les changera plus tard !

Un homme se lève et va mettre de la musique, il fouille dans les disques qui sont à côté de la chaîne.

VINCENT

Écoute ça. C'est ma dernière trouvaille. *There's a Light That Never Goes Out* de Erlend Oye. C'est pas beau ?

La musique l'emporte. On ne les entend plus.

VINCENT

Il s'appelle Ricardo, il est né au Brésil, de mère américaine et de père brésilien.

ARNAUD

Je vois, peut faire plus mal...

VINCENT

Ouais, sa mère était la fille de l'ambassadeur américain au Brésil. Il a eu une jeunesse assez dorée. Et, en tant que petit-fils d'ambassadeur, il était venu aux States faire l'armée. Attends...

Un homme se lève, change de musique. Le second se dirige vers une des nombreuses fenêtres. Il regarde la rue, la silhouette des immeubles du quartier, l'ombre du ciel dans la rue. Il écoute attentivement les paroles, son verre à la main. Il revient s'asseoir.

ARNAUD

C'est qui ?

VINCENT

Kings of Convenience et ce morceau s'appelle *Manhattan Skyline.*

ARNAUD

Tout à fait de circonstance, c'est très beau.

VINCENT

Quand je l'ai vu, ouais, j'peux pas dire que je n'étais pas attiré par son physique, j'étais assez fasciné par sa manière d'être. Mais j'étais pas pressé. Tu sais, il était presque trop beau. J'aimais le regarder transpirer. On s'est revus plein de fois avant qu'on commence à discuter. Et d'ailleurs, on ne parlait que de notre entraînement, de nos exercices... Une fois, dans les vestiaires, il m'a invité à boire un café chez lui et j'y suis allé... Il était steward chez American Airlines. Je ne pouvais pas croire. C'est con à dire, mais il n'avait vraiment pas le style. Dans sa cuisine, il y avait plein de boîtes de protéines. J'lui fais, c'est quoi ? Il me dit qu'il les achète au Brésil, que ça coûte mille fois moins cher. J'lui dis que la prochaine fois, il faudrait qu'il me rapporte une boîte. Et le voilà qui m'en refile une, tout de suite. J'étais super-surpris.

ARNAUD

Ta période de protéines de poisson, quand t'étais devenu un vrai canon, ça venait de lui ?

VINCENT

Exactement, n'essaie pas de tout comprendre, tu ne vas pas avoir le temps de réécrire l'histoire. Et surtout, Arnaud, tâche de ne pas analyser, s'il te plaît. Laisse les émotions t'envahir... Il habitait dans son appart avec un autre mec qui était aussi steward, son ami du moment, son meilleur copain. C'est vrai qu'en dehors de la gym, ils étaient tout le temps ensemble. Et... il y avait un troisième mec qui bossait aussi chez American Airlines, ouais, j'crois bien, sais plus vraiment, mais lui, je ne l'ai vu qu'une fois. Et ça n'allait pas du tout entre les deux. Il y avait de grosses tensions.

ARNAUD

Comment il s'appelait ?

VINCENT

Le troisième ? Aucune idée. Et pour le deuxième, j'ai un blanc...

Il tasse le joint en le frappant sur la table, le prend entre ses doigts, le met à la bouche et l'allume.

VINCENT

Quand il m'a refilé cette boîte, on a commencé à se voir plus souvent. On est devenu potes, on se donnait rendez-vous pour aller s'entraîner ensemble et on a commencé à prendre l'habitude d'aller boire un verre après le sport.

Sa voix baisse à chaque fois qu'il tire sur le joint. Il cherche ses mots, comme si parler en français ne lui venait plus naturellement. Il se racle la gorge. Devant lui, son verre de vodka qu'il boit d'une traite.

VINCENT

C'était juste avant de commencer l'école, c'est l'été 2000 que cette histoire a démarré. Je cherchais un colocataire. Peter s'était tiré. J'étais seul.

ARNAUD

Putain, mais c'était seulement quelques mois avant que je me tire de New York ! Pourquoi tu m'en parles seulement aujourd'hui ? Je croyais que j'étais ton meilleur ami.

VINCENT

Mais tu l'es. Tu comprendras... Un jour, il me dit, je veux déménager, j'en ai marre de mon coloc. Je lui dis, sans vraiment réfléchir, ben, j'ai une chambre de libre. Il me fait, ah ouais ? Il est passé voir l'appart. Il a adoré l'endroit. Mais il y avait un hic, il voulait absolument habiter avec son pote.

ARNAUD

Merde.

VINCENT

J'lui dis qu'ici, c'est pour une personne et que ça ne va pas le faire. À trois, c'est trop petit.

L'homme rallume le joint, le passe à son ami, qui se relaxe après la première bouffée. Ses épaules se relâchent.

ARNAUD

Ça doit faire bien quatre jours que je n'ai pas fumé. Il voulait venir avec son copain ?

VINCENT

Ouais.

ARNAUD

Et laisser l'autre tout seul ?

VINCENT

Ils n'étaient pas mariés !

Un homme se racle la gorge.

ARNAUD

Je vois.

VINCENT

Ouais, moi, tu sais à l'époque, j'étais dans la merde. Et j'allais, à nouveau, être étudiant, j'ai pas mal réfléchi. J'me suis dit, OK, d'un côté, on serait trois mecs ici, et de l'autre, ça veut aussi dire qu'ils paieront les deux tiers du loyer. Tu vois, économiquement, c'était intéressant.

ARNAUD

Absolument.

VINCENT

En plus, il avait l'air de dire qu'ils étaient tout le temps en voyage... Je me suis dit que je serais con de ne pas accepter. J'ai donc accepté.

ARNAUD

Hum...

VINCENT

Avec les économies que j'allais faire, je suis parti dix jours à Provincetown. Depuis que j'habitais New York, je n'étais jamais sorti de Manhattan, tu imagines le bien que ça m'a fait. Ils se sont installés ici à mon retour et on a commencé notre vie de couple à trois.

Il rallume le joint qu'il n'a pas assez tassé, le passe à son ami.

ARNAUD

Et comment vous vous êtes réparti l'espace ?

VINCENT

Ricardo était dans la chambre d'amis, moi, je suis resté dans la grande chambre, ma chambre. Et son pote, il se préparait un truc pour la nuit, au salon... Il dormait sur un futon. Voilà... Moi, heureusement, la journée, je n'étais de toute façon pas souvent là, parce que je commençais les beaux-arts.

ARNAUD

Absolument, me rappelle, tu entrais à Cooper Union ?

VINCENT

Exact.

ARNAUD

Putain, tu ne pouvais pas dire que c'était loin de chez toi !

VINCENT

Je ne dépassais pas les dix blocs, entre la gym qui était juste à côté de l'école, le sushi bar à la neuvième rue et le Wonderbar à la sixième rue, entre la première avenue et l'avenue A. Je faisais tout à pied. Je n'utilisais mon vélo que pour les virées la nuit.

ARNAUD

Tu te souviens quand on remontait la 5ᵉ Avenue, à quatre heures du mat, bourrés comme des hélices ? Et quand je me suis pris le guidon dans les dents, tu te souviens la gueule que t'avais faite ? T'avais pas trouvé ça drôle...

VINCENT

Il te manquait les deux dents de devant ! Je touche du bois, il ne m'est rien arrivé, pas un camion ne m'a roulé dessus, je ne me suis jamais pris une porte de taxi dans les roues, je ne me suis pas fait écraser un genou entre deux pare-chocs, et je ne suis pas encore tombé dans un trou. New York à vélo, c'est le top.

ARNAUD

T'allais où ? à la gym ?

VINCENT

Au Heath Raquet Club, ils venaient de s'installer dans le bâtiment à la même hauteur que Cooper Union, sur le west side du Bowery.

ARNAUD

Je ne reconnaîtrais plus le Bowery. J'ai lu que ça avait tellement changé...

VINCENT

Mon gars, même pour moi. C'est pourtant ma rue, mon quartier. Mais tous les jours, il y a quelque chose de nouveau, qui disparaît ou qui sort de la terre. Tu y trouves maintenant des hôtels superluxe, des doormen en jaquette rouge et gants blancs. Et depuis peu, il y a même des galeries.

ARNAUD

Après avoir épuré Soho, ce fut le tour du Meat Packing District, y a plus aucun travelo, plus de putes, plus de clubs douteux, y a plus de viande, quoi, tout est devenu design ! J'adore. Et maintenant, ils font la même chose ici... C'est incroyable, ils n'ont vraiment rien compris, et tout ça, toujours pour le fric, la seule motivation qu'on connaisse, à force de tout nettoyer, il n'y a plus d'âmes, hein, elles vont où ? Et les homeless, ils en ont fait quoi ? Ils leur donnent un ticket de métro pour le New Jersey ? Des galeries au Bowery, j'peux pas y croire.

VINCENT

Mon gars, j'te les montrerai demain.

Il se lève, remplit les verres, allume une clope, passe une main dans ses cheveux et continue son récit.

VINCENT

Tout s'est passé dans la même journée, ils ont emménagé, j'ai commencé l'école, au début j'y allais tous les jours, eux, je ne les voyais que le soir, en rentrant après le boulot, au sushi bar, j'y bossais cinq soirs par semaine et quand ils n'étaient pas dehors ou en voyage, ça se passait assez bien, y avait pas de problème... Un jour, quelque temps après, même quelques semaines après, Ricardo rentre du Brésil. Il me questionnait, très attentif à comment je vivais. Il voyait bien que j'étais un type cool, qui ne posait pas de problème, que j'étais relax. Et donc, il rentre du Brésil, je me réveille, ça faisait quoi, déjà plus d'une semaine qu'il était parti, je me lève, je lui dis salut. Ce con, d'un coup, il sort une ligne de coke et il me dit, t'en veux une ?

ARNAUD

Hahaha ! Tu m'intéresses enfin...

Les deux garçons se marrent.

VINCENT

Moi, putain, j'lui dis, mais il est six heures du mat !

ARNAUD

La claque !

VINCENT

Ouais. J'ai pris cette ligne et on a commencé à discuter...

ARNAUD

Et ?

VINCENT

OK, je te la fais courte. Ensuite, il veut me montrer quelque chose, il m'emmène dans sa chambre, sa valise est ouverte sur le lit, je vois trois plaques, et tu sais ce que c'était ? C'était trois kilos de coke.

ARNAUD

Pardon ?

VINCENT

Ouais, putain, trois kilos de pure. Trois tablettes, là, devant moi !

ARNAUD

Comment trois tablettes ?

VINCENT

Trois plaques compressées, comme un livre, un gros livre, une dalle de trente sur trente centimètres, avec une épaisseur de cinq, six centimètres.

ARNAUD

Ouais, ce que tu me montres, c'est plutôt vingt-cinq sur quinze. Et ça représente quoi, trois kilos ?

VINCENT

Non, ça c'est un kilo !

ARNAUD

Putain, je rêve.

VINCENT

Ouais, c'était exactement ça. J'en avais rêvé, mais là, j'étais dedans. Enfin, devant, quoi. C'est gros, trois kilos. C'était hyperdur, recouvert de millions de couches de cellophane. Quand j'ai vu ça, j'ai complètement halluciné, je lui ai dit, c'est quoi ce truc, putain, mais comment c'est possible, c'est quoi ? Je ne réalisais pas qu'il ait pu rapporter cette coke du Brésil.

Il rit nerveusement et sur le ton de la confidence parle tout doucement.

VINCENT

C'est la première fois que je raconte cette histoire...

Il se lève, fait le tour de la table, il semble chercher quelque chose, mais revient s'asseoir.

ARNAUD

Vincent, qu'est-ce que tu me racontes, putain, à ce moment-là, qu'est-ce qu'il s'est passé en toi, quand t'as vu ces trois kilos ? Ce n'est pas tous les jours que ça arrive ? Tu m'en bouches un coin, mec... Je ne sais plus qui a dit ça, mais faut pas l'oublier, aux plus importantes croisées de nos vies, il n'y a pas de signalisation !

VINCENT

T'as trop raison. Je ne comprenais pas que c'était réel. Mais je savais que ma vie allait changer, radicalement.

ARNAUD

T'as flippé ?

VINCENT

Au début j'ai flippé, non mais tu imagines ? C'est quoi cette histoire ? J'ai pensé aux flics tout de suite, j'ai pensé à mon école, j'ai cru que tout allait être bouleversé.

ARNAUD

Il ne t'avait jamais parlé de dope ?

VINCENT

Non, rien. Et puis, je suis très vite passé à autre chose, tu vois.

ARNAUD

C'est-à-dire ?

VINCENT

Toute cette angoisse de la police, elle est partie, j'étais porté par ma propre hallucination. Tu vois ? Une ligne suffisait. Et je lui ai demandé comment il avait fait.

ARNAUD

Waouh. Qu'est-ce qu'il t'a dit pour que toute cette angoisse des flics disparaisse aussi rapidement ?

VINCENT

Sais pas, rien, c'est venu de moi. Personne ne te libère de personne. C'est toi qui fais tes choix.

ARNAUD

Je te connais ! Tu t'es dit que c'était trop beau !

VINCENT

En fait, ça faisait des mois qu'ils étaient en train de préparer ce coup. Ils voulaient rapporter de la coke à New York, dans leurs valises, parce qu'à l'époque, à ce qu'il m'a dit, avant le 11 septembre 2001, les stewards ne se faisaient pas fouiller. Tu te présentais avec ton uniforme, ta petite valise, tu n'avais aucun contrôle.

ARNAUD

Il a foutu ça dans sa valise à roulettes ?

VINCENT

T'avais personne, pas de douane, rien.

ARNAUD

C'était la première fois qu'ils en rapportaient ?

VINCENT

Apparemment. C'est pour ça qu'il ne voulait pas le faire chez son ancien coloc. Il était content de venir ici, parce qu'avec ce type, ça n'allait pas du tout, ils avaient peur qu'il les dénonce.

ARNAUD

Hum...

VINCENT

Je me souviens qu'il me posait pas mal de questions, si je faisais la fête et moi, j'étais encore vachement ouvert, tu te rappelles, t'étais encore à New York ?

ARNAUD

Laisse-moi réfléchir... Tu te fous de ma gueule ? Évidemment je me souviens. On se prenait la tête avec nos mecs et on avait besoin de faire la fête !

Un homme se lève, change de musique, s'allume une clope.

VINCENT

C'était à fond les clubs.

ARNAUD

C'était grave.

VINCENT

Sexe, drogue, techno.

ARNAUD

C'était début 2000 ?

VINCENT

C'était après l'été 2000.

ARNAUD

Me souviens, c'était après mes trente ans et j'allais quitter New York en octobre. Quel anniversaire de merde ! Plus jamais. Je crois bien que c'était la période la plus difficile que j'aie connue. Avec Zach, on ne se comprenait plus. On ne baisait pas non plus, ou quand on baisait, on était toujours pétés et on baisait à trois. On préférait s'éviter. Quand j'y repense... C'est tellement facile de se faire du mal. On n'avait pas de fric. J'avais perdu mon boulot, j'étais mal, Zach bossait dans une boutique et le peu de fric qu'il gagnait, il le buvait. Tu te souviens de cette baraque en bois qu'on avait trouvée sur les toits ? Pas d'air conditionné, pas d'isolation, on brûlait en été et on était frigorifié en hiver. On n'avait même pas d'eau courante. Et puis, le concierge qui avait remarqué la lumière et qui nous avait chopés aux chiottes en train de nous brosser les dents. Putain, comme il nous avait foutus dehors. Sur-le-champ. On avait débarqué chez une copine de Zach. L'horreur intégrale. Je crois que je n'ai jamais autant détesté ma vie que pendant cette période-là. Quelle merde et quel gâchis, quand tu sais pertinemment que tu dois te séparer et que tu n'y arrives pas, que tout ce que t'arrives à faire, ce sont les comptes... Et que tu fais tout pour que l'autre prenne la décision.

VINCENT

Ouais, exactement. Moi, je n'avais pas attendu. Je venais de me séparer de Peter. Après qu'il m'a foutu dessus, tu te souviens ? Et avant que je porte plainte. Il refusait de me rendre la clé de l'appart. Et puis, il y a eu cette fameuse nuit, quand il est venu détruire tous mes vinyles ?

ARNAUD

Waouh ! Mais oui, j'étais encore là quand les flics avaient débarqué. Et tes voisins s'en étaient mêlés parce que vous gueuliez tellement ! Et peu de temps après, je te laissais tout seul et j'étais de retour à Paris.

VINCENT

Je te jure qu'avec le jardin que j'ai fait pousser sur le toit, ils me regardent autrement. Suis assez fier de moi.

ARNAUD

Les voisins, par définition, c'est con, ça s'occupe toujours de ce qui ne les regarde pas ! Bon, revenons à ta matinée... J'essaie de comprendre.

VINCENT

Arrête de faire des efforts, c'est essoufflant !

ARNAUD

Tu vas te coucher, tu te lèves le matin, tu prends une ligne, il te montre le matos, il se passe quoi ? Tu vas à l'école, tu y penses, tu rentres, tu fais quoi ?

VINCENT

Comment t'expliquer ça ? J'étais à l'école, ben, ouais, j'y pensais, t'es con.

ARNAUD

Tu te disais quoi, je rentre dans le plan, je n'y rentre pas, ma vie se joue à ça, j'ai besoin de fric, je veux de la coke, je veux faire le con, je veux être le personnage d'un roman, j'en ai marre de ma vie en noir et blanc, j'ai besoin de couleurs. Je veux une fin joyeuse, une histoire tragique, romantique, tu voulais quoi ? Tu le savais ? Je ne sais pas comment j'aurais réagi.

VINCENT

Va encore plus vite... Tu devrais prendre l'avion plus souvent. C'était bien toute la thématique de cette histoire et apparemment ça n'allait pas être la dernière fois. Je me disais, je suis étudiant, j'ai pas de pognon, qu'est-ce que je demande ? Pour mon silence, pour fermer les yeux ? Je leur demande un droit de passage ?

ARNAUD

Un droit de passage, tu veux dire un droit de consommation ?

VINCENT

Non, un droit sur le pognon, mon gars ! Et puis, évidemment, aussi un droit de consommation !

ARNAUD

Tu me rassures.

VINCENT

Ce qui me faisait peur, c'était surtout de voir les dealers débarquer à ma porte. J'avais les boules que ça n'arrête pas de sonner, tu vois un peu la vie ici ?

ARNAUD

Ils savaient comment ils allaient dealer ? C'était la première fois qu'ils faisaient ça ?

VINCENT

C'était la première fois.

ARNAUD

Enfin, Vincent, trois kilos, ils ne voulaient tout de même pas dealer depuis chez toi ? Il t'a pas dit ça ne va pas rester, on a un grossiste, attends...

VINCENT

Justement, non, il ne m'a rien dit.

ARNAUD

Alors...

VINCENT

Tu me laisses en placer une ? D'abord, à six heures du matin, on a parlé de son voyage, on n'a pas du tout évoqué ce qu'il allait faire, comment, quoi, où et avec qui. Non, rien de tout ça. Moi, j'étais scié, enfin, plutôt euphorique, j'étais sous le choc ! Imagine-toi la scène !

ARNAUD

J'ai de la peine. Et puis tout d'abord, Vincent, qu'est-ce que tu me racontes ? C'est quoi cette histoire ? Pourquoi toutes ces années après ?

VINCENT

Parce que... Parce que je ne supporte pas que toi, mon meilleur ami, ne sache pas ce qui m'est arrivé. Parce que je veux que tu sois au courant. J'ai besoin de partager, certainement de me libérer aussi. Je ne peux pas garder ça pour moi. Ce que je te raconte maintenant, c'est de l'ordre de l'expérience pure. Ce n'est pas possible de l'inventer. Ça te tombe dessus. Sans crier gare. Tu ne peux rien anticiper. Jamais je n'y avais même pensé. Boum. Et tout d'un coup, tu te trouves dans l'action. Je sais que tu peux en comprendre la dimension, je ne suis pas là pour te faire l'apothéose de la coke. On en a connu sa misère. L'intérêt de l'histoire n'est pas là... Elle est avec qui et comment je l'ai partagée. Mais avant de réaliser tout ça... Attends... Ben, il fallait bien réagir. C'était la première fois que je voyais trois kilos débarquer dans mon appart. Hello. J'avais pas du tout la tête à me poser toutes ces questions !

ARNAUD

Je sais, tu n'avais qu'une envie, te foutre ton nez dedans.

VINCENT

Ben ouais, mon gars. Le plaisir d'abord et les prises de tête pour plus tard.

ARNAUD

Absolument.

VINCENT

Ce que tu peux être psychorigide !

ARNAUD

J'te remercie.

Ils rigolent. Ils trinquent. Ils fument et le chat continue de les ignorer.

VINCENT

C'était de la pure.

ARNAUD

Mon dieu, je ne veux même pas imaginer !

VINCENT

Elle sortait tout droit d'un labo du Brésil, sans intermédiaire, du grossiste brésilien jusqu'à mon appart, ici à la quatrième rue ! Mon gars... C'est pas fort, ça ? Tu vois la qualité ! Moi, j'étais tout simplement ébahi, je ne comprenais rien, c'était un mélange de flip et d'excitation. Et l'idée que je pourrais me faire un peu de pognon, de profiter de cette occasion, tu vois ?

ARNAUD

Je commence.

VINCENT

Ouais... J'étais partagé entre le désir de les foutre dehors et la tentation de me tirer des lignes de coke, c'était la déchirure !

ARNAUD

Bien sûr.

VINCENT

C'était le bien et le mal qui s'interposaient et je ne savais pas du tout quoi faire. Pour finir, je me suis fait des rails et, au lieu de réfléchir à tout ça, je me suis pété la tête.

ARNAUD

T'as toujours été très fort pour faire face.

VINCENT

Ouais, c'était le matin, ensuite je me suis tiré à l'école, et j'ai commencé sérieusement à y réfléchir. En fait, j'étais déjà tellement pété que c'était impossible de rester sur ma chaise.

ARNAUD

À huit heures du matin, tu devais être frais !

Un homme s'étire le dos, les deux bras en l'air au-dessus de sa tête. Son visage fait une grimace.

VINCENT

Oh, ouais... me souviens du goût... Et comme petit déjeuner, ça t'allume, c'est certain. Ce que j'étais explosé à ces putains de cours. Te jure, j'avais tiré trois petites lignes ridicules... C'est tout !

Un homme termine son verre de vin blanc et se ressert directement. Il écoute attentivement, son regard fixé sur son ami.

VINCENT

Pour finir, j'ai pas fait long feu et... Avec ce qu'il se passait à l'appart, ben, je suis très vite rentré à la maison. Et c'est là que je lui ai dit que j'avais peur des dealers, que j'avais pas du tout envie d'avoir des gens qui viennent à la baraque, que j'avais pas du tout envie de me faire arrêter, pas maintenant, pas à ce moment-là. Ouais, quoi, je flippais. Et c'est là qu'il m'a raconté qu'il avait mis un plan en place, qu'il avait un acheteur, un seul et qu'il garderait une partie pour sa propre consommation. Apparemment, ça faisait plusieurs mois, peut-être un an déjà, qu'il acheminait des ecstas de New York au Japon.

ARNAUD

Tu sais qui c'était ?

VINCENT

Je ne l'ai jamais rencontré. Apparemment ils se connaissaient de l'armée.

ARNAUD

Évidemment.

VINCENT

Putain... J'ai de ces flashs qui m'arrivent dans la tête. Je suis désolé, je saute du coq à l'âne.

ARNAUD

C'est pas grave. Je ne m'attendais pas à autre chose venant de ta part.

VINCENT

En plus, toute cette période-là, j'étais pas très net.

ARNAUD

Je veux bien imaginer.

VINCENT

Pas tout de suite et pas toujours, mais c'est vrai qu'en principe, dès le mercredi soir, je commençais à prendre ce truc jusqu'au dimanche soir, je n'arrêtais pas...

ARNAUD

Putain et tu as attendu toutes ces années pour me raconter cette histoire ?

VINCENT

T'étais rentré à Paris.

ARNAUD

D'accord, mais pourquoi maintenant, on s'est tout de même revu entre-temps ?

VINCENT

Je sais. Sur le moment, je ne voulais pas te faire envie. J'connais ton point faible. Et toi, fallait que tu t'occupes de toi. Et moi, mes conneries, je devais les faire tout seul. Sans toi...

ARNAUD

Je pourrais presque t'en être reconnaissant.

VINCENT

Ça te prendra le temps qu'il te faudra. On peut pas revenir en arrière. Je suis de ton côté et je tiens à toi, tu sais. Dès la première semaine, il me proposait des ecstas, des lignes par-ci par-là, je me suis pris dans le jeu, je me suis dit, cool, de la dope gratuite à la maison, plus de besoin d'en chercher, elle m'était servie sur un plateau d'argent, qu'est-ce que tu veux que je te dise ? Moi, je pensais que ça s'arrêtait là. En fait, j'en avais rien à foutre de ce qu'il faisait. Je pensais pas que...

ARNAUD

Tu le trouvais toujours aussi séduisant, toujours aussi sympa. Tu n'avais aucune raison de le foutre dehors. Tu ne te doutais vraiment de rien ?

VINCENT

Oh, je jouais certainement un peu au con, je me voilais la face, tout était super-simple, pour l'instant tout était là. Ça lui arrivait de payer le loyer en entier, il montrait qu'il était généreux, ça me suffisait. Je suis rentré dans le jeu, sans m'en rendre compte, quand soudain, tout devient facile, ça glisse, ça roule, tu oublies la gravitation.

ARNAUD

Tu prenais ce qu'il y avait de bon à prendre !

VINCENT

Oui, exactement. Et ça a continué un moment comme ça. Ils se faisaient de temps en temps un voyage au Brésil... Ça se passait très bien. Et puis, quelques mois plus tard, son cousin débarque avec un autre copain. Ils sont venus vivre ici, pour des vacances de trois mois !

ARNAUD

Putain, merde. Ils ne pouvaient pas aller à l'hôtel ?

VINCENT

J'étais tellement pété à cette époque-là que j'ai dit à Ricardo qu'il n'y avait pas de problème. Tu n'imagines pas. On s'est retrouvé dans cet appart à cinq mecs. À un moment donné, c'était trop. Je me suis fâché avec lui. Et j'ai commencé à le voir d'un autre œil. Je le voyais faire ses magouilles. Je me rendais compte qu'il n'était pas net. Ça ne tournait pas rond chez lui. Il devait être schizo ou devait souffrir d'un trouble de personnalité, sais pas. Ce qu'on appelle aux States, et c'est la mode, bipolar disorder.

ARNAUD

Et comment ça se traduisait ? Tu veux dire qu'il était lunatique ? Super-excité ? Colérique ? Déprimé ? Antisocial ? Suicidaire ? Dangereux ? Ou totalement amorphe ?

VINCENT

T'as fini ? Ce que j'aime avec toi, c'est qu'il n'y a jamais une seule solution. Pourtant, laisse-moi te dire, faudrait que t'appliques tes connaissances à ta propre vie, parce qu'il me semble que c'est souvent tout ou rien. Jamais au milieu. Merde... Ce que tu peux me prendre la tête parfois. Pour revenir à Ricardo, c'était un mec intelligent et il savait très bien manipuler les gens.

ARNAUD

Un junkie, comme l'alcoolique, fera tout pour te piquer ton fric. Et il y arrivera très bien. Mais à la différence de l'alcoolique, qui te laissera seul pour aller boire ces coups, le junkie, lui, restera avec toi pour t'aider à retrouver ton pognon.

VINCENT

T'en as de bonne. Mais t'as raison, le junkie se comporte souvent avec brio. Il est loin d'être con, c'est certain. Sais pas comment te dire, quand j'y pense après toutes ces années, il devait certainement être malade et c'est ce qui lui a permis de faire ce deal avec cette valise. Ridicule.

ARNAUD

Est-ce qu'il était coké du matin au soir ou il était du genre « j'y touche pas » ?

VINCENT

On consommait tous, mais on n'était pas malades, on consommait comme on boit un verre de vin... Avec modération !

ARNAUD

C'est sûr. Est-ce qu'il en prenait pour aller bosser ?

VINCENT

Ouais. Moi aussi, j'avais mon petit paquet, j'allais me faire mon rail dans les chiottes de l'école.

ARNAUD

Je vois.

VINCENT

Je faisais super-gaffe, j'étais raisonnable, tu me connais, suis pas né de la dernière pluie, de ce côté-là, ça fait quand même des années que je connais la drogue. Heureusement que j'avais mes cours, tu vois, c'était super-important pour moi, c'était mon régulateur. Parce que sinon, tout devient flou très vite. Ce n'est que pendant le week-end que je pétais un câble. C'était l'époque où je fréquentais le Cock à mort. J'avais mes trois grammes de coke qu'il me refilait. Ricardo était tout le temps à la maison, avec tout ce pognon. Il se faisait entre dix et vingt mille dollars par semaine. Il y avait des sacs entiers de billets. On avait vraiment la belle vie.

ARNAUD

Et où est-ce que vous planquiez tout ce pognon ?

VINCENT

Tu rigoles, dans mon armoire, dans ma chambre !

ARNAUD

Et il n'y avait jamais de dealers qui débarquaient chez toi ?

VINCENT

Non, tout partait chez son contact de l'armée.

ARNAUD

Après vous être servi pour votre consommation personnelle.

VINCENT

Right. Ricardo recevait du fric toutes les semaines, tu vois. Il n'était pas payé tout d'un coup. Mais le pognon, mon gars, les premiers mois, c'était l'hallu.

ARNAUD

Et avec un kilo de pure, t'en fais quoi, deux kilos ? Par rapport à la qualité que tu trouves sur le marché, tu peux la couper jusqu'à combien de fois, cinq fois ?

VINCENT

Jusqu'à deux fois easy, ouais, même trois fois.

ARNAUD

OK !

Il sourit, satisfait de connaître ces détails.

VINCENT

Trois fois, elle reste bonne. Et ça ne te casse pas. Ce qui te casse dans la coke, ce sont les amphètes, c'est à cause de cette merde que tu n'arrives pas à te lever le matin, il y a des trucs qui t'empoisonnent le sang.

ARNAUD

Quoi, quand elle est pure, tu ne peux pas devenir addict. Tu rigoles, j'espère ?

VINCENT

Écoute, tu te réveilles le matin, t'es en forme, t'as pas besoin de te faire une ligne.

ARNAUD

OK, et est-ce que t'as besoin de boire de l'alcool, pour arrondir les angles ?

VINCENT

T'es pas addict comme avec l'héroïne ou l'alcool, la coke t'es addict psychologiquement...

Toujours assis l'un en face de l'autre, ils éclatent de rire et tentent de reprendre leur sérieux.

VINCENT

Et comme c'est de la pure, t'es calme, t'as pas besoin de te fumer dix joints. Et voilà...

Il pose le joint qu'il vient de rouler et sort un petit sachet de sa poche.

ARNAUD

Yes, quelle bonne surprise. Avec tout ce que tu me racontes... Je crois bien que la dernière fois que j'en ai pris, c'était au Wonderbar.

VINCENT

Arrête de mentir !

ARNAUD

Quand tu m'avais donné cette boîte de pellicule et que tu m'avais dit d'aller aux chiottes. La boîte était pleine, j'avais pas compris et je ne t'avais pas posé de questions.

VINCENT

T'es hyper-tranquille, ton cœur reste assez calme, t'es tout simplement le meilleur !

ARNAUD

Hum, hum.

VINCENT

Tu arrêtes, tu t'endors en deux minutes, tu dors easy, tu te réveilles, t'es super-fit. Si t'as des nausées, c'est que tu as trop bu. Sinon t'es bien. C'était une période très powerful. Je me réglais à ça, je faisais la bombe, mais j'arrivais à me contrôler et, petit à petit, j'ai commencé à me faire de fric, j'avais mon droit de passage. Je me ramassais, quoi, trois mille dollars par semaine !

ARNAUD

Parce que ça se passait chez toi ?

VINCENT

Exactement, c'était mon impôt et je ne faisais rien.

ARNAUD

C'était pas trop dur comme job. Ça ne m'étonne pas de toi.

VINCENT

Quoi ? Ouais et il m'a payé plein de trucs, je me suis acheté plein de matos pour l'école. Non, mais, écoute, tu imagines si ça s'était passé autrement ? Si c'était tombé dans les mains des flics ?

ARNAUD

Y avait aucune chance, t'es le plus fort, Vincent !

VINCENT

C'est con parce que j'aurais pu avoir tous les vols gratuits, mais comme j'avais perdu mon visa, si je sortais, je ne rentrais plus. Je n'allais pas partir à ce moment-là. Pour une fois qu'il y avait de quoi s'amuser. J'ai jamais été très fort pour ça. Ricardo voulait que j'aille avec lui en Équateur, au Mexique, j'aurais pu aller n'importe où. Bref, il y avait du fric partout. Partout. T'imagines même pas. Il y a eu au moins cinq cent mille dollars qui ont traîné dans mon armoire !

ARNAUD

Ah, ça devait te changer ! Et lui, avec ce fric, il faisait quoi, il le claquait ?

VINCENT

Il avait plein de dettes, il a remboursé tout le monde, mais c'était un flambeur, le mec. Il s'achetait des trucs débiles, des fringues. Et puis, il voulait investir, mais je ne sais pas ce qu'il en a fait exactement.

ARNAUD

Hum...

VINCENT

Il voulait investir dans une salle de sport, c'était un pro de judo ou de taekwondo, je ne sais plus. C'était son rêve. Je ne sais pas s'il l'a réalisé, tu vois. Quand tout va bien, il y a plus de vingt mille histoires sur la coke qui te parlent de ça, quand il y a du fric à profusion, que les allers-retours au Brésil n'ont aucune raison de s'interrompre, tu ne penses pas au futur, le fric est là. Et plus il te rassure, plus tu le claques. Tu te dis qu'il y en aura toujours assez pour en mettre de côté, un jour. Tu vis le présent. La seconde d'avant ou d'après ne t'intéresse pas. Elle n'existe même pas. C'était la parfaite histoire. J'étais le héros d'un roman sans guerre, sans violence. J'avais de l'argent, de la coke et tous les mecs de la terre ! Ce qui, en principe, ne t'arrive jamais, mais ce dont tout le monde rêve. C'était l'impossible réalité de l'être. Et cette réalité me semblait tellement safe, t'as pas idée. Pourtant j'avais ouvert la porte de ma maison à un inconnu.

ARNAUD

Tu penses que quand tu commences ce genre de deal, tu ne te dis absolument pas qu'un jour, ça s'arrêtera ?

VINCENT

Tu n'y penses pas.

ARNAUD

C'est trop gros, ça ne peut que continuer.

VINCENT

Ouais. Tu te dis que ça va durer. Et quand tu as autant de fric, tu prends tout à la seconde, c'est-à-dire que t'as en tête uniquement ce que tu vas pouvoir faire. Maintenant. Et pas dans une heure, tu vois ?

ARNAUD

Mais je sais de quoi j'ai envie !

L'homme ouvre le sachet, prépare quatre lignes sur la couverture d'un magazine, s'en tire une, pousse le magazine devant lui. Son ami se penche sur la table, aspire. Il se pince le nez, renifle bruyamment. Ensuite, il lèche son petit doigt et le glisse dans sa narine comme pour la nettoyer.

ARNAUD

Pas mal.

Une partie du rail tombe sur ses genoux.

VINCENT

Ouais, elle est pas trop mauvaise, mais ça n'a rien à voir avec ce qu'on avait.

ARNAUD

Fais-en pas trop, Vincent, s'te plaît.

VINCENT

Non, mais une deuxième ligne, c'est primordial, après je la laisse de côté.

ARNAUD

OK.

Pause.

VINCENT

C'est ce que te permet ce pognon. Tu n'as jamais pu le faire avant. T'as toujours dû planifier, budgéter à l'avance et être raisonnable, putain, ça te prend un temps pas possible... Mais là, tu te dis, je veux partir au Mexique, cinq minutes après, t'as ton billet. Rien ne t'arrête. Un jour, on s'est tirés en Arizona, il voulait visiter un site de trekking, on était loin en deux heures. Il a tout organisé, tout payé. Je n'ai eu qu'à prendre des photos.

ARNAUD

Élégant et bien sous tous rapports, ton pote !

VINCENT

C'était assez incroyable. Il m'a offert un appareil photo et puis, j'ai quand même réussi à mettre pas mal de fric de côté. Donc, tout mon voyage à travers les States...

ARNAUD

Attends, on parlera du chapitre *On the road* un peu plus tard, revenons à quand vous habitiez à cinq dans ton appart. Vous vous preniez la tête ?

Un homme allume une cigarette.

VINCENT

Je ne me prenais pas la tête avec lui, c'était avec...

ARNAUD

Son cousin et son copain ?

VINCENT

Non, le cousin et son copain, ça allait aussi, j'avais un rapport cool avec eux. C'était le copain de Ricardo, avec qui ça merdait. C'était un petit con.

ARNAUD

Un suiveur ?

VINCENT

Il débarquait de sa campagne, il était pas super-intelligent, pas très beau, mais il était le meilleur ami de Ricardo qui, lui, était vraiment un très beau mec.

ARNAUD

Gay ?

VINCENT

Non, il avait une copine. Et ce mec était toujours derrière lui, ils faisaient ce business ensemble et je crois qu'il n'a pas supporté la relation que j'avais avec Ricardo, qui était plus profonde, un peu plus ouverte sur la vie, tu vois, il y avait autre chose.

ARNAUD

C'est avec lui qu'il y avait des tensions.

VINCENT

Ouais, il a foutu la merde. Bon, avec la coke aussi, au bout d'un moment, rien ne va plus. Tu sais bien. Quand t'es trop coké, y en a qui supportent, d'autres pas. Tu dois faire attention avec ce truc, t'essaies de gérer comme toutes ces stars qui en prennent quotidiennement, tout en arrivant à bosser, à éviter de ne pas avoir tout le temps le nez dedans et, surtout, à ne pas péter un câble. Ricardo a pété un câble, son copain a pété un câble et puis tout le monde a pété un câble.

ARNAUD

Pendant les trois mois où vous viviez à cinq.

VINCENT

Ouais. À la fin de ces trois mois, quand le frangin et son copain se sont barrés, j'en ai eu assez avec Ricardo et son copain. Ils m'avaient trop craché dessus, justement pour des histoires incompréhensibles, des conneries, des détails multipliés par dix...

Ils terminent chacun leur verre. Un homme se dirige vers la cuisine chercher la vodka ainsi que la glace au congélateur.

VINCENT

Si tu veux, quand t'es pété comme ça, il n'y a plus de raison d'être, il n'y a plus d'explications, au niveau des engueulades, tout le monde explose, c'est...

ARNAUD

... de la dynamite.

VINCENT

C'est de l'excès, en engueulades, en drogues, il n'y a plus rien de rationnel, et pour finir, ça a pété. Ouais, il habitait encore ici...

ARNAUD

Tu me racontes l'histoire ?

VINCENT

Non, là, je te raconte comment ça s'est terminé avec le copain de Ricardo. On ne se parlait plus, je ne le voulais plus à la maison. Avec Ricardo, ça allait encore. Et puis, l'histoire commence là...

Il fait une pause, reprend son souffle, continue calmement son récit, en choisissant ses mots comme s'il était en train de visualiser la scène.

VINCENT

Il rentrait d'un voyage pour son job, il avait des ecstas dans son sac, je ne me souviens plus d'où il rentrait...

Il allume une cigarette et continue...

VINCENT

Les mecs, à deux, ils faisaient un trafic international, non mais t'imagines ?

ARNAUD

Et celui qui leur rachetait la marchandise, c'était la même personne qu'ils avaient rencontrée à l'armée ?

VINCENT

Je ne sais pas si ce mec était toujours à l'armée. Ça ne m'étonnerait pas. Bref, le copain de Ricardo arrive à New York. Il a une trentaine d'ecstas dans sa valise, pas autant que ça, finalement. Il décide de les mettre dans un casier de l'aéroport. Un casier, c'est vingt-quatre heures, après ces vingt-quatre heures, il n'est pas allé rechercher son sac.

ARNAUD

Pour quelles raisons ?

VINCENT

Certainement parce qu'il était trop pété, il s'en est apparemment pas aperçu, enfin c'est ce qu'il nous a raconté. Et si tu y réfléchis bien, pourquoi les avoir déposés dans une consigne. Il pouvait venir les déposer à la maison d'abord. Bref, voilà comment ça se passe, il dit à Ricardo qu'il a oublié le sac. Ils vont ensemble à l'aéroport. Ricardo l'attendait un peu plus loin. Le mec, il va chercher le sac, le casier était bloqué. Il va à la réception, demande ce qu'il se passe avec son casier. La dame lui dit qu'elle va chercher une nouvelle clé. Ensuite, elle l'accompagne au casier, l'ouvre. Il prend le sac et, comme par magie, il y a deux flics derrière lui. Ils lui demandent, qu'est-ce qu'il y a dans ce sac ? Et c'est comme ça qu'il se fait arrêter. Ricardo assiste à toute la scène. Ricardo rentre à la baraque en panique totale. Putain, comment il s'appelait déjà, je ne me souviens même plus de son nom. Je ne me souviens plus du nom à ce con-là, on va dire Ric, OK ?

ARNAUD

Non, appelons-le John.

VINCENT

OK, John. Alors voilà comment John se fait arrêter. Comme un bleu. Non, mais, qu'est-ce qu'il lui a pris ?

ARNAUD

Pour trente ecstas, il est vraiment trop con ! Mais, ça ne tient pas debout. Excuse-moi !

VINCENT

C'est ce que je te disais. Il était vraiment trop con. Ton casier est fermé, tu laisses tomber, quoi. Et puis, encore une fois, pourquoi les avoir déposés ? Pourquoi ?

ARNAUD

Comprends pas. Ce qu'on peut être inconscient quand on est jeune, c'est dingue. Mais on doit le chercher, tu ne crois pas ? Quand je me suis fait arrêter au Maroc, après avoir acheté une boulette dans la rue, alors que je savais très bien que je ne devais pas le faire, tout le monde me l'avait dit avant de partir. Bref, je te passe les détails. Je me suis retrouvé avec un ex chez les flics, dans le bureau d'un mec pas commode qui hurlait au téléphone.

Il était complètement explosé, lui qui ne fumait jamais. Non seulement il rigolait comme un con, mais en plus, il ne savait même plus qui j'étais. J'en menais pas large. Ma conscience me perdra à toujours retomber sur mes pieds. Pendant une heure, ce flic moustachu n'arrêtait pas de hurler. Je ne comprenais évidemment pas un mot. J'avais perdu espoir de le raisonner, lui qui commençait à le draguer. On était cuits. Ce que j'ai pu m'en vouloir. Je me trouvais trop con. Et puis, pour m'occuper, je ne sais pas, mes yeux ont commencé à suivre le fil du téléphone, et tu connais le meilleur ? Il n'était même pas branché... Je n'ai jamais eu aussi peur de ma vie. Tu imagines, la prise gisait dans le coin de la pièce ! Je me croyais dans *Midnight Express*. On a passé la nuit derrière les barreaux et ils nous ont relâchés le lendemain matin. Sans un mot, sans une amende.

VINCENT

C'est clair que sans sa connerie, l'histoire n'aurait pas été la même. Comme je te le disais, c'était le petit jeune qui ne connaissait rien à la vie, il devait avoir un peu plus de vingt ans. Il sortait de sa campagne. C'est sûr qu'il n'avait pas la gueule d'un dealer. Et ce con, il se fait coller. Ricardo rentre à l'appart... Il me fait son cinéma, John s'est fait coller, on va tous se faire arrêter. J'ai complètement flippé. J'lui dis, putain, y a encore plein de matos ici, y a plein de pognon. Ricardo, il avait les jambes sciées, il était en état de choc d'avoir vu son pote se faire arrêter. J'ai pris toute la coke et j'ai été la planquer à la gare, j'ai pris le risque, je suis allé à la Grand Central Station... J'ai tout planqué dans un casier.

ARNAUD

Dans une consigne pour vingt-quatre heures ?

VINCENT

Pour vingt-quatre heures, exactement.

ARNAUD

Putain, t'as eu une sacrée présence d'esprit.

VINCENT

Et attends, moi, un truc comme ça, tout d'un coup, je prenais conscience de ce qui pourrait nous arriver, j'ai fait le maximum.

ARNAUD

Je sais que tu n'aimes pas le gâchis. Mais tu y avais déjà pensé, que si ça merdait, il fallait tout planquer dans un casier ? je ne sais pas ce que j'aurais fait.

VINCENT

Attends, le mec, il habitait chez moi, il a son adresse chez moi !

ARNAUD

Non, non, bien sûr, y avait urgence.

VINCENT

Non, mais c'était grave. Il fallait tout sortir d'ici. Le fric, la dope, j'ai tout mis dans un sac. En fait, il restait un kilo. Ce n'était pas si gros que ça. Je me souviens. Tout était parti la veille. Il ne restait qu'un kilo. J'ai pris le fric et la dope, j'ai tout mis dans un sac à dos et je suis parti à la gare. Je me souviens, j'ai voulu y aller en métro, à l'entrée, je vois un flic, je me suis dit, t'es vraiment con, j'ai pris un taxi et en vingt minutes, j'y étais. Ensuite, j'ai dû chercher la consigne, je ne trouvais pas, putain, ce que j'ai pu transpirer et figure-toi que c'est un flic, en voyant que j'étais paumé, qui est venu me demander ce que je cherchais. Le comble, il ne m'a pas simplement dit où c'était, il m'a accompagné...

ARNAUD

Évidemment, avec ta gueule.

VINCENT

Je reviens ici, et je commence à tout nettoyer. Il fallait que ce soit clean. J'ai essayé de calmer Ricardo. J'ai enlevé toutes les traces de poudre. Putain, le boulot, je t'explique même pas l'état dans lequel on était. J'ai checké tout l'appart. T'as pas idée de la quantité de billets roulés que j'ai trouvés, il y avait des traces de coke partout, du nombre de sacs-poubelle que j'ai pu remplir. Tout y est passé ainsi que la nuit. Il fallait que tout soit absolument clean. Ricardo, il est resté assis dans le canapé. Il n'a même pas pu s'occuper de sa chambre. Putain. Et moi, je me suis transformé en tornade du ménage. J'ai tout lavé, absolument tout. J'avais même peur qu'avec simplement de l'eau, ça ne suffise pas pour enlever toutes les traces. À force de regarder *CSI Miami*... Te raconte pas l'angoisse. Il y a de quoi de devenir parano. J'ai utilisé de l'eau de Javel. Je me demande d'ailleurs si j'ai eu raison.

ARNAUD

J'aurais fait pareil.

VINCENT

J'ai passé la nuit la plus angoissante de ma vie, j'ai pas fermé l'œil de la nuit. Je voulais être prêt à recevoir les flics. J'étais sûr qu'un commando viendrait nous embarquer. Je n'avais plus confiance en personne. John était un faible. J'étais sûr qu'il allait nous balancer. Et tu vois, un kilo de coke, mon gars, tu t'en prends pour dix ans.

Chacun prend une ligne, renifle, se frotte le nez et allume une clope, en se passant le briquet.

VINCENT

T'aurais dû me voir, je t'ai ripoliné cet appart, il n'a jamais autant brillé. Mon chat, d'ailleurs, je ne l'ai pas revu pendant la semaine qui a suivi. Évidemment il avait tout compris. Après cette nuit, il a commencé à avoir des taches blanches.

ARNAUD

Quoi ? Tu te fous de ma gueule.

Il se lève, se dirige vers le sofa, se penche, prend le chat dans ses bras.

ARNAUD

J'y crois pas ! Mais qu'est-ce qu'il t'est arrivé, Chicken ? Oh, mon pauvre, Vincent t'en aura fait voir de toutes les couleurs !

VINCENT

Tu devrais peut-être l'interroger, il n'y a que les chats qui sont absolument honnêtes. Nous, pour plein de raisons, on cache nos sentiments, les chats jamais.

ARNAUD

Tu essaies de me dire qu'il aurait une tout autre version de l'histoire ?

VINCENT

La réalité c'est comme la notion de temps, c'est subjectif presque émotif ! Je ne ferme pas l'œil de la nuit, je réfléchis, je réfléchis et je réfléchis. Je me dis, comment me sauver du truc, tu vois. Comment faire pour moi, surtout ça, quoi. Si on se faisait vraiment arrêter, si les flics avaient des preuves, tu vois... Qu'est-ce qui pourrait m'arriver ? Complicité, t'en prends pour combien ? Je réfléchissais à ce que j'allais dire, si j'étais au courant ou pas, tu vois, j'étais perdu, avec tout ce que j'avais fait, dans cet appartement, avec tout ce qui s'était passé, est-ce que j'allais être capable de jouer à l'innocent ?

ARNAUD

Le jeu d'acteur, comme quoi, ça peut servir.

VINCENT

C'était ça, tu vois, comment revenir à l'innocence après toute cette histoire.

ARNAUD

Combien de temps avez-vous vécu ensemble, jusqu'à ce que John se fasse arrêter ?

VINCENT

Attends...

ARNAUD

L'arrestation, c'était quel jour ?

VINCENT

Attends, que je réfléchisse, ça c'était tout l'hiver, ouais, on a passé l'hiver comme ça. Ouais, il est resté chez moi... pendant dix mois.

ARNAUD

Ricardo ?

VINCENT

Dix mois, ouais, il était arrivé en octobre ou septembre.

ARNAUD

Septembre, octobre, novembre, décembre, janvier, février, mars, avril, mai, juin.

VINCENT

Ouais, c'est ça, il a dû se casser début juin, parce que, attends, c'est quand la Pride ?

ARNAUD

Celle de New York, c'est pas plutôt fin juin ?

VINCENT

T'as raison. Et une copine est venue pour la Pride et elle dormait dans sa chambre. Il s'était déjà tiré.

ARNAUD

Alors cette nuit, c'était quand ? Il s'est tiré peu de temps après ?

VINCENT

Ricardo ? Non... Bien après. Attends que je t'explique cette histoire. J'te disais que je réfléchissais à ce que j'allais faire et tout, eh bien pour finir, je me suis dit, merde, je vais profiter de l'occasion pour baiser tout le monde, parce que moi, je me suis senti baisé, avec tous ces mecs, avec tout le pognon qu'ils se sont fait.

ARNAUD

Ou alors en connaissance de cause.

VINCENT

Il avait bien joué, il m'avait acheté des trucs pour m'amadouer, mais il ne m'avait pas donné assez de pognon pour le risque que j'avais pris et c'est ce que je réalisai pendant cette fameuse nuit. Il s'est fait près du million. À chaque voyage, il ramenait de la coke, tu vois. Donc, une fois coupée, ça fait toujours trois à quatre fois le volume. Je suis sûr qu'il s'est fait le million voire davantage. Lors de la première livraison, il y avait déjà cent mille dollars dans mon armoire, en une semaine.

ARNAUD

Et pourquoi tu avais ça dans ta chambre ?

VINCENT

Parce que j'étais le seul à avoir une armoire à l'époque, et puis...

ARNAUD

Tu penses que ça aurait fait une différence si les flics avaient débarqué ? Sa chambre et pas la tienne ?

VINCENT

Je sais pas. Il avait confiance en moi. C'était moi qui gardais le fric, j'étais le trésorier, sais pas pourquoi.

ARNAUD

Bonjour, la complicité.

VINCENT

Ouais.

ARNAUD

Bonjour le risque, là, tu vois, tu aurais pu demander le tiers.

VINCENT

J'y ai pas pensé. Tu vois, j'avais trouvé mon rythme. Je me levais avant John et Ricardo. C'était d'ailleurs le seul moment où j'étais tranquille. Et c'était le seul moment où je voyais Chicken. Sinon, il disparaissait. Il était tout le temps dehors, en marge de cette histoire, il ne voulait pas participer. Il a été super-patient... C'est lui le héros de l'histoire.

ARNAUD

Je me réveille, je n'avais pas réalisé, putain, s'il y avait eu une descente...

VINCENT

Arrête et j'ai eu beaucoup de flics.

ARNAUD

Tu veux dire de fric !

VINCENT

J'ai tout dépensé. Je me suis payé du matos pour l'école, des caméras. Je n'ai pas eu besoin de travailler, tu te rends compte. Je ne bossais qu'un soir par semaine, au Wonderbar, tu te souviens de ce bar à la sixième rue ?

ARNAUD

Évidemment.

VINCENT

Ça s'appelle maintenant le East Pack.

ARNAUD

Est-ce qu'ils ont au moins amélioré le système sono ? La musique était cool, mais le son, putain, ils auraient pu faire un effort.

VINCENT

Non, c'est pareil. Un soir de travail par semaine, j'avais jamais connu ça. Et c'était juste pour avoir un contact avec la réalité. Je n'avais pas besoin de bosser. Et j'avais tout le temps les poches pleines de cash. Midi et soir, j'allais bouffer au resto. J'ai été un vrai con comme j'ai grillé ce pognon.

ARNAUD

T'as retrouvé la pauvreté ?

VINCENT

J'adore ton sens d'humour, Arnaud. J'ai été un vrai débile, mais j'ai été aussi content de vivre comme ça dans ma vie. C'est quelque chose de super-excitant. Je ne m'occupais que de ma propre petite personne. Et comme j'avais le fric, j'avais ce que je voulais et qui je voulais. Je me suis repayé toute une nouvelle collection de vinyles. Et pour les mecs, j'ai légèrement abusé. J'avais une assurance que je ne me connaissais pas. C'est triste, mais c'était grâce au fric. Je me suis comporté en total égoïste. Tout ce qui m'intéressait, c'était mon plaisir. Et tu sais que je n'y ai jamais vraiment excellé. J'étais mieux dans mes baskets. J'ai pas trop fait de mal autour de moi. J'avais confiance. Et voilà, aujourd'hui, j'ai retrouvé ma vie sans excès, sans risque.

ARNAUD

Serais-tu devenu sage ?

VINCENT

Non, prudent.

ARNAUD

Je ne sais pas ce que je préfère.

Ils lèvent leur verre et boivent à leurs retrouvailles.

VINCENT

Je pense que si aujourd'hui ça m'arrivait d'avoir autant de pognon, je crois que je serais encore plus décadent. Jeter le fric par la fenêtre, c'est vraiment jouissif !

ARNAUD

Tu m'étonnes... Et à t'entendre, il en pleuvait.

VINCENT

T'as juste l'impression d'être le maître du monde.

Il se lève, se dirige vers la cuisine, cherche la bouteille de vodka. Elle est vide, il ouvre le frigo, on le voit fouiller, il sort avec une bouteille de champagne dans la main. Il fait péter le bouchon.

VINCENT

Et, entre-temps, Lucas était à nouveau rentré dans ma vie !

ARNAUD

Lucas ?

VINCENT

Ouais, Lucas, l'ex d'Emma.

ARNAUD

Attends... Lucas ?

VINCENT

J'ai tellement de flashs qui arrivent dans ma tête, putain... C'est comme une remontée d'ecstas.

ARNAUD

Et ça ne fait que commencer. Attends, on termine juste. Tu as revu Lucas, avant ? Après ? C'est confus.

VINCENT

Attends.

ARNAUD

Ouais, revenons à cette première nuit où tu attends les flics.

VINCENT

OK, j'attendais les flics, j'étais certain qu'un commando péterait ma fenêtre, tu vois, un groupe d'hommes araignées, quoi.

ARNAUD

Tom Cruise suspendu à un fil et dans ta chambre à coucher... Tout de suite, hein ?

VINCENT

J'étais persuadé qu'on m'enverrait la brigade des stups. Et puis, pour finir, le lendemain matin, rien.

ARNAUD

Santé ! C'est pas si mal.

VINCENT

Ça désaltère pour du californien.

ARNAUD

Ouais.

VINCENT

Les bulles y sont... Il n'est pas trop plat.

ARNAUD

Parfait, ça va nous... Ça va te rafraîchir le récit.

VINCENT

Le lendemain, rien, nada, que dalle, OK, je me dis, ils ne sont pas venus, mais ils vont quand même débarquer. Et puis, fin de journée, il fallait débarrasser...

ARNAUD

Le matos.

VINCENT

Le matos, ouais. Ricardo ne savait pas quoi faire de ce matos, moi, je ne savais pas quoi faire de ce matos et puis, tout d'un coup, j'ai eu un déclic, je lui ai dit, écoute, je peux le planquer quelque part.

ARNAUD

C'est quoi, ce bruit ?

Il se lève et marche dans le séjour, à l'affût de ce bruit.

VINCENT

Oublie, tu ne te rappelles pas ? Ce sont les radiateurs.

ARNAUD

J'aurais parié un bruit de marteau. Putain, c'est vrai, j'avais oublié. Chaque bâtiment à New York a son propre bruit, c'est dingue. Excuse-moi... Tu lui proposes donc de cacher la coke.

Un homme bâille.

VINCENT

Excuse-moi. Honnêtement, et je ne veux pas m'en cacher, ce kilo de coke m'intéressait. Après cette nuit d'angoisse, après avoir réfléchi, je me suis dit, à moi de l'avoir, à moi d'en faire quelque chose. Je voyais que Ricardo était complètement paniqué et le fait de l'avoir apporté à la gare, de l'avoir mis dans une consigne, Ricardo il n'en revenait pas, il avait halluciné, j'avais pris les choses en main, et là, je me montrais supérieur à lui. Avant, c'était lui qui me...

ARNAUD

C'est toujours le radiateur ?

Tac, tac, tac...

VINCENT

T'inquiète, ouais, c'est le radiateur, parfois quand t'es tout seul, ça te fout les jetons... Donc, tout ce que je pouvais faire, c'était d'attendre les flics.

Il tire sur sa clope tout en préparant deux lignes sur la table.

ARNAUD

Tu t'es dit, c'est mon tour.

VINCENT

J'ai dit à Ricardo, écoute, je peux planquer cette came. Fais-moi confiance.

Il se lève, fait le tour de la table, se tire un trait, agite ses bras, comme si son sang ne circulait plus...

VINCENT

Si tu savais avec qui j'ai transporté cette drogue, putain, je suis grave.

ARNAUD

Non, ne me dis rien, je préfère ne pas savoir maintenant.

VINCENT

OK, pour plus tard.

VINCENT

OK. C'est là que Lucas rentre en ligne de compte. Parce qu'avant cette fameuse nuit, je l'avais revu. On s'était retrouvé par hasard au Joe's Pub, tu te souviens, Lafayette Street, à côté du Public Theater, il venait d'y accompagner son boss. J'ai halluciné quand je l'ai vu. Il se retourne et me fait avec sa voix grave et toujours essoufflée : Salut ! Il ne savait pas ce qu'il devait faire avec moi, me foutre dessus ou m'embrasser.

Il rigole, se penche sur la table, allume ensuite une cigarette.

VINCENT

J'te jure, il savait pas quoi faire, il a vu que j'étais tellement content de le voir qu'il est resté... prostré. On a commencé à discuter. Et puis, j'lui dis, viens, on se tire, on va se faire un rail à la maison, et là, son visage s'illumine et il me dit, ah, ouais, alors OK, allons se faire une ligne. Ça s'est passé en vingt minutes. Ça faisait tellement longtemps qu'on ne s'était pas revus.

ARNAUD

Combien d'années ?

VINCENT

Sais plus, plusieurs années. Et lui, j'crois bien qu'il me détestait. Il était resté, lui aussi, sur un mauvais trip. Hallucinant, non ? On va chez moi, on se fait des rails de coke, pour finir on reste la moitié de la nuit ici. On retourne au club, la soirée était finie, son boss était déjà retourné à l'hôtel, j'ai fait des photos de Lucas. Putain, ces photos... Il est allongé sur le canapé à l'entrée, complètement pété, sa chemise à manches courtes, avec tous ses tatouages. À partir de cette soirée, c'était le flash à nouveau, on n'arrêtait pas de s'appeler et moi, j'ai commencé à descendre à Philadelphie.

ARNAUD

Pourquoi Philadelphie ?

VINCENT

Lucas habitait à Philadelphie, il venait d'arriver, en fait. Après le divorce avec Emma, ça n'allait plus du tout pour lui. Il fallait qu'il parte de Paris, qu'il fasse une coupure. Son boss lui avait proposé de le transférer dans leur filiale à Philadelphie pour quelques mois.

ARNAUD

Ah, ouais ? Pourquoi est-ce que je ne suis jamais au courant de rien, pourquoi on ne me dit jamais rien ?

VINCENT

T'es pas souvent dispo, Arnaud. Et que veux-tu, tu t'es vachement retiré de tout et de tout le monde. Tu ne crois pas ? Bref, je disais, ouais, j'avais déjà un peu de coke, une vingtaine de grammes, par-ci, par-là, tu vois comme ça. Et je les amenais chez Lucas et on a commencé à faire un petit truc, quoi. À vendre. Et faire la fête avec lui, c'était mortel. C'était aussi des heures de discussion, de fous rires, c'était vraiment cool, j'crois que, pour Lucas, j'ai été sa thérapie.

ARNAUD

Ils venaient de se séparer ou ils étaient déjà divorcés ?

VINCENT

Ils étaient en instance de divorce, mais tu te souviens, ça a pris tellement de temps. Ils ne se parlaient pas beaucoup. Emma lui faisait la gueule. Mais elle a été d'accord pour qu'il se tire quelques mois. Lucas, donc, se retrouve à New York pour le week-end et il tombe sur moi. Il ne savait même pas que j'y habitais déjà depuis deux trois ans, à l'époque.

Les deux hommes vont à la cuisine. L'un fait du thé pour se réchauffer.

L'autre fouille dans le frigo. La nuit sera longue.

ARNAUD

Tu le mets au courant, vous faites la fête. Je me souviens qu'ils se sont séparés, peu de temps après que Lucas a terminé de retaper leur baraque à Montreuil. Il avait fait un super-boulot, je m'y étais trouvé pour l'anniversaire d'Emma. Je ne savais même pas qu'il avait habité quelques mois à Philadelphia. On a pris exactement les chemins en sens inverse. Tu me dis qu'il bossait à Philadelphie ? Et vous vous croisez par hasard à New York ! Ça tient tout à fait la route !

VINCENT

C'est bien la seule ville qui permet ce genre de retrouvailles. Je ne sais pas combien de potes j'ai retrouvés comme ça, par hasard. J'ai toujours dit, New York, c'est un village et, en plus, il se trouve sur une île. Et lui, j'te dis pas combien il avait besoin de faire une coupure. Vraiment ! En plus, tu vois, j'avais complètement disparu de sa vie, ça faisait des années qu'on ne s'était pas revu. On se connaît depuis qu'on est mômes, il était quand même vachement content de me revoir, il a bien vu que je m'étais pris en main. T'aurais dû voir sa gueule quand il est venu ici la première fois. Et comme je n'étais au courant de rien et en contact avec personne de Paris, j'étais neutre, j'étais resté à l'écart de toute cette merde.

ARNAUD

Ouais, c'est clair. C'était parfait.

VINCENT

Il s'est complètement laissé aller, il m'a raconté toutes ses angoisses, ses bonheurs, ses histoires, ce qu'il avait envie de faire, mais qu'il ne s'était jamais permis de faire, ce qu'il avait envie de connaître, ses fantasmes. J'étais épaté que Lucas soit comme ça. J'en voulais parfois un peu à Emma de n'avoir pas réalisé qu'il était autant frustré, parce que c'est un mec qui est plein de rêves, plein d'idées, qui est très créatif, très fin et super-intelligent. Il a de la repartie. Bien sûr, faut faire avec son caractère de cochon, mais si tu sais le prendre, si tu sais être gentil avec lui, si tu le revalorises, j'te jure que ça marche comme sur des roulettes. Je ne l'ai jamais jugé et ça le changeait de ses amis qui lui disaient, ouais, putain, tu lâches ta femme et ton môme. Il savait très bien ce qu'Emma disait, la réputation qu'elle lui avait faite, et puis moi, j'étais là, à côté de tout ça. La manière avec laquelle il est venu vers moi, à être cool comme ça, tout ce dont il était conscient. J'ai beaucoup d'estime. On a construit cette nouvelle amitié sur des bases super-honnêtes, ouais, super...

ARNAUD

Directes ?

VINCENT

Très directes. Lucas, il adore ça.

ARNAUD

Le ping-pong.

VINCENT

Ouais.

ARNAUD

Et sans prise de tête ?

VINCENT

Non, non, et puis, justement, on s'est vus plein de fois, je descendais souvent à Philadelphie, on a commencé un petit business. Après cette fameuse nuit à attendre les flics, le lendemain, je l'appelle. Il me demandait toujours s'il pouvait en avoir davantage. Il voulait monter un truc sérieux. Donc, le lendemain, je l'appelle, je lui dis, ça va pas du tout, y a un gros problème...

Un homme remplit les tasses de thé.

VINCENT

J'te remercie... Je lui demande de m'appeler depuis une cabine publique sur la cabine de ma rue, je suis vite descendu chercher le numéro, suis remonté, je lui ai donné le numéro et on a pu enfin se parler.

ARNAUD

Vous n'aviez pas de portable ?

VINCENT

Non, tu me connais. Et je dois te dire que ça se serait certainement passé différemment. Je lui dis, voilà, John s'est fait arrêter, il n'est pas rentré de la nuit, on ne sait pas où il est, on attend les flics d'une minute à l'autre, je lui raconte qu'il y a encore toute cette coke, je lui dis, écoute, j'ai envie de la prendre et de la planquer. Je veux l'avoir. Est-ce que tu peux m'aider ? Il m'a dit, OK, viens quand tu veux, apporte le matos, je me démerde. Il fallait encore aller à Philadelphie le plus rapidement possible et je ne savais pas comment faire. Pour le casier à la gare, je suis allé mettre du fric pour un nouveau cadran. Prendre le train, c'était exclu, trop risqué. Tu te souviens à cette époque, je bossais de temps en temps pour Eric, il avait ce magazine un peu pourri à East Village, il m'engageait pour faire des covers, des trucs assez moches, mais bon, parfois je ne pouvais pas refuser. Bref, je l'appelle, parce que je savais qu'il avait plus ou moins un copain là-bas. Je lui demande s'il ne descend pas bientôt, il me dit qu'il part le lendemain.

ARNAUD

Le ciel était avec toi !

VINCENT

Mais tu le connais, je suis con !

ARNAUD

On a même couché ensemble ! Enfin je crois. Ou c'était avec son mec. Suis plus très sûr.

VINCENT

Ce cher cocaïnomane !

ARNAUD

Et il était encore complètement dedans ?

VINCENT

Je crois.

ARNAUD

Putain, s'il avait su !

VINCENT

Même s'il le savait aujourd'hui, tu veux dire. Il ne m'adresserait plus la parole. Non, attends, à l'époque, il venait d'arrêter, il ne voulait plus en entendre parler.

ARNAUD

Il avait déjà commencé son trip macrobio ?

VINCENT

Ouais.

Il se tire aux chiottes pisser. Il continue de rigoler tout seul.

VINCENT

J'te jure ! On peut pas l'inventer.

ARNAUD

J'y crois pas !

Le chat se réveille, saute de son fauteuil et miaule à la recherche de caresses.

ARNAUD

Salut, Chicken, t'as bien dormi ? Pas trop dure la vie ? Tu te souviens de moi ? J'en suis sûr. Mais viens par là, si tu veux que je te gratte derrière les oreilles, non, tu veux pas ? T'aimais pourtant ça. Ça me fait bizarre de te voir avec ces trois taches blanches. On ne peut pas dire que tu as pris du poids. Mais oui, Chicken, t'es toujours aussi beau. Alors raconte-moi...

L'homme revient des toilettes, ferme sa braguette en marchant.

VINCENT

Éric, à ce moment-là, il voulait être clean, il était super-sérieux. Bref, il partait le lendemain pour aller voir son mec.

ARNAUD

Nickel !

Il se lève, sort du frigo le carton rempli de pâtisseries qu'il a achetées à Charles-de-Gaulle. La boîte ouverte sur la table, il se décide pour un éclair au chocolat.

ARNAUD

Et tout ça, réglé dans les vingt-quatre heures !

VINCENT

Ouais. Ça tombait pile-poil. Il me restait encore à dire à Ricardo, écoute, voilà, je vais cacher cette coke, faut pas me poser de questions, c'est loin d'ici, je la planque pendant quelques semaines, le temps qu'on y voit plus clair. Je ne lui ai rien dit d'autre. Et il me répond, OK. J'ai été reprendre le sac à la gare et ciao !

ARNAUD

L'air de rien.

VINCENT

Pendant le trajet, New York-Philadelphie, avec Eric, on n'a pas parlé. Moi, j'étais trop préoccupé et lui, il était déjà dans ses histoires de cul. On a écouté de la musique. En une heure et demie, on était arrivé à Philadelphie. Il m'a déposé dans le centre et je me suis directement rendu chez Lucas. Arnaud, tu n'imagineras jamais chez qui il habitait ?

ARNAUD

Suis prêt à tout.

VINCENT

Lucas habitait chez la fille d'un juge !

ARNAUD

Tu fais exprès ?

Le fou rire est contagieux.

VINCENT

Te mens pas. Il habitait en plein centre-ville, dans la maison familiale du juge. Le père avait les deux premiers étages, et la fille, les deux derniers.

ARNAUD

C'était sa meuf ?

VINCENT

Après la séparation, à part baiser des putes, il ne fréquentait aucune fille, à part cette meuf. C'est con, je ne me souviens plus de son prénom. Ce n'était pas du tout sexuel, c'était sa confidente du moment. Lucas est toujours sorti avec des meufs super-cool. Non, mais t'imagines, j'débarque chez lui, dans sa chambre sous les toits, avec le matos, tu crois qu'il me l'aurait dit ! Il s'en foutait totalement.

ARNAUD

Chez un juge, j'espère que ça vous faisait au moins rigoler ? Ou vous étiez tellement dans votre bulle que tout vous semblait normal ?

VINCENT

Ça nous faisait marrer... Mais on s'est tout de suite mis au boulot...

ARNAUD

Qu'est-ce que tu veux dire ? Évidemment, il fallait que vous la coupiez ?

VINCENT

Et on n'avait que quatre jours. La fille du juge était en voyage à Washington.

ARNAUD

Et elle faisait la fête de temps en temps avec vous ?

VINCENT

Non, tu rigoles. Ce n'était pas du tout le genre. Elle n'a jamais été mise au courant, faut dire aussi que Lucas, il a assuré. Une fois que j'ai apporté ce truc, t'imagines pas comment on s'est pété la tête. Des malades ! Tu vois, moi, le fait d'avoir réussi à planquer cette coke, les problèmes étaient finis. Je pouvais rentrer à New York et dire, j'suis au courant de rien, j'étais pas là. Il n'y avait plus aucune trace à la maison. Ricardo, il avait planqué le pognon chez sa copine, ce qui n'était pas très malin. J'ai passé quatre jours de délire avec Lucas, alcool, coke, club, non-stop, à parler, à tout le temps parler. J'te jure, c'était grave, on s'est fait toutes les chiottes de toute la ville. On se faisait un rail de coke toutes les dix minutes. C'était l'orgie. On s'est descendu des bouteilles de grappa en deux minutes. Et si tu te sentais un tout petit peu bourré, une petite ligne et hop, t'étais bien. Putain, ce qu'on a été grave.

ARNAUD

Et vos neurones n'ont pas explosé ?

VINCENT

Non.

ARNAUD

Tu t'endormais facilement et tu te réveillais frais comme un pinson, le matin, c'est ça ?

VINCENT

C'était l'euphorie, je crois que je ne vivrais plus jamais un moment pareil. C'était unique. Ouais, ce n'est pas possible, ça ne t'arrive qu'une fois dans ta vie. À l'exception d'écrire un roman, tu ne peux pas le recréer.

ARNAUD

Tu ne peux même pas le prédire.

VINCENT

Ouais, c'est ça. Et quand je rentre à New York, l'autre, John, se fait libérer.

ARNAUD

Pour trente ecstas, mais qui en a à foutre ?

VINCENT

J'ai commencé à faire mon cinéma, que maintenant ça n'allait plus du tout. C'était la goutte qui avait fait déborder le vase. Il fallait qu'il prenne ses cliques et ses claques. Je ne voulais même pas qu'il reste dormir une nuit supplémentaire. Je le voulais dehors. Je leur ai dit que dorénavant je ne voulais plus de dope ici, que c'était terminé, qu'avec toutes leurs histoires, j'avais failli terminer mes jours en prison.

ARNAUD

T'as fait ta star, quoi !

VINCENT

Ben, ouais, c'est clair. Le John, il s'est barré, parce que Ricardo, aussi, commençait à flipper. Il avait tout de même passé deux ou trois nuits chez les flics, sais plus combien, il avait plus confiance. John cumulait les conneries. Quelque temps après, j'ai dit à Ricardo que ce kilo de coke, ça me faisait chier de le ramener en arrière, que je connaissais quelqu'un qui était prêt à le racheter, j'en avais parlé comme ça, il était prêt à le racheter pour dix mille dollars. Ricardo a réfléchi pendant un moment et il m'a dit OK, qu'il se tirerait dès qu'il aurait le fric. Une semaine plus tard, je lui refilais ses dix mille dollars.

ARNAUD

Tu les as trouvés où ?

VINCENT

Comme je te disais, on avait commencé à dealer. Avec ce que Ricardo me passait. J'avais mis du fric de côté.

ARNAUD

Tu m'épates, j'ai cru que tu m'avais dit exactement le contraire.

VINCENT

J'ai tout claqué parce que jamais j'ai pensé que j'en aurais eu autant. Au début, je faisais supergaffe. En fait, ce kilo, on en a fait un peu plus de deux kilos.

ARNAUD

Et c'était toujours de la très bonne ?

VINCENT

Qualité ? Oui. Même si tu faisais un kilo de plus, c'était encore de la bombe, tout le monde disait que c'était la meilleure. Avec ces deux kilos, Lucas a commencé à dealer sérieusement, il a monté un réseau avec quelques mecs...

ARNAUD

Des fidèles ?

VINCENT

Écoute, pour ça, il faut que tu discutes avec lui, il faut qu'on se passe une soirée ensemble.

ARNAUD

Avec plaisir.

VINCENT

Lucas, il avait déjà mis son petit truc en place. Et genre en un mois, on avait eu ces dix mille dollars, on les a donnés à Ricardo et, là, on a eu le sentiment d'être des rois, parce qu'on savait que tout le reste, absolument tout le reste, qu'on le vende, qu'on le sniffe, c'était pour nous.

Il continue de parler mais beaucoup plus doucement.

VINCENT

Ce que je n'ai jamais raconté à Ricardo, évidemment.

ARNAUD

Il a pris ses dix mille dollars et il s'est tiré ?

VINCENT

Il a pris son fric, mais il ne s'est pas tiré. Pas tout de suite. Il lui a fallu plusieurs semaines pour qu'il remballe ses affaires. J'ai commencé à devenir super-froid avec lui, j'en pouvais plus qu'il reste là.

ARNAUD

Il était comment, déprimé, il était dans le déni, il bossait encore, il savait ce qu'il allait faire ?

VINCENT

J'en sais rien, je n'arrivais plus à communiquer avec lui, c'était terminé.

ARNAUD

Et il restait dans sa chambre à se péter ? Mais non, il n'avait plus rien...

VINCENT

Non, non, il avait sa copine, il n'a jamais été comme ça. Je le trouvais menteur, manipulateur.

ARNAUD

Mais quoi, il racontait des conneries ?

VINCENT

J'avais compris son jeu et son jeu ne me plaisait pas.

ARNAUD

Mais toi, tu avais encore tout le matos pour te péter la tête, c'était vachement différent ?

VINCENT

C'est sûr, mon gars.

ARNAUD

Et c'est peut-être pour ça que tu ne pouvais plus le supporter.

VINCENT

Peut-être, sais pas. C'était une confusion totale, te dire exactement pourquoi ces choses-là arrivent, pas grand monde est capable de le faire.

ARNAUD

Je posais juste la question.

VINCENT

Tout ce que je peux te dire c'est que je suis devenu super-froid et, un jour, il est venu me dire qu'il avait trouvé un appart. Je lui ai dit, OK, ciao. Il a pris ses affaires, il était content, j'étais content et depuis, plus rien.

ARNAUD

Gone, tu ne l'as jamais revu, jamais entendu !

VINCENT

Évanoui. Quelque part, je lui en voulais de m'avoir mis dans cette merde, je lui en voulais à mort, de toute cette histoire, simplement d'avoir apporté de la coke chez moi, même si, au départ, c'était la fête.

ARNAUD

Et puis Lucas débarque, t'as vraiment eu le cul bordé de nouilles.

VINCENT

Ouais, et l'histoire du juge, c'était comique, si elle avait su. La pauvre, je m'en veux, parce qu'elle était vraiment cool, cette femme.

ARNAUD

Il a gardé contact avec elle ?

VINCENT

Pour Lucas, ça a été plus compliqué que ça. Tout ce que je sais c'est qu'il ne le lui a jamais rien dit et ne le lui dira jamais. Tu sais, il y a beaucoup de secrets dans cette histoire.

ARNAUD

Évidemment.

VINCENT

Tout ça, c'est un secret pour tous ces gens ! Si Emma avait su, si sa mère avait su, si son fils avait, si on s'était fait choper. Si, si, si... Si Eric avait su que j'avais un kilo de coke dans sa caisse, tu vois, le paradoxe, lui qui s'est ruiné pour s'acheter ses doses, tu sais, il était dans un état lamentable, il croulait sous les dettes et je lui faisais transporter un kilo, sans le savoir... Le kilo qu'il a toujours rêvé d'avoir.

ARNAUD

C'est sans commentaire.

L'homme a de la peine à rassembler ses idées, tout ce passé le bouscule. Les souvenirs s'enchaînent les uns derrière les autres, les uns sur les autres, trop rapidement pour tous les exposer. Le passé ne frappe jamais avant d'ouvrir la porte. Il n'a pas besoin de se présenter.

VINCENT

On fait une pause ?

ARNAUD

Ouais, faisons une pause.

VINCENT

Une fois la coke loin, une fois Ricardo loin, j'ai recommencé à avoir une vie un peu plus normale. Je suis retourné à l'école, aux cours, j'ai revu mes potes. Ça faisait du bien. La première année, j'ai bossé comme un malade, mais pendant la nuit. Je ne voyais personne.

Les deux garçons s'attaquent aux pâtisseries. Ils mangent en silence. Le chat s'est à nouveau endormi. Vincent roule un joint. Ils n'écoutent pas de musique.

VINCENT

On fait une pause.

Les deux hommes se regardent. L'un d'eux prend le paquet, le vide sur le magazine et prépare les deux dernières lignes.

VINCENT

Faudrait que j'appelle Bruno pour voir ?

ARNAUD

Ouais, ce serait cool, mais c'est pas trop tard ?

VINCENT

Merde, t'as raison. Il est une heure du mat.

ARNAUD

On l'appellera demain.

VINCENT

Ouais. Sinon, y a une fille que je connais...

ARNAUD

Je dois dire qu'en t'écoutant, je pourrais bien continuer.

VINCENT

On a commencé à se faire du pognon... Putain, faut que je réfléchisse à la suite.

ARNAUD

Tu en as parlé à Lucas ?

VINCENT

Non, pas encore. Mais il sait que t'es ici.

ARNAUD

Parle-lui et dis-lui que je l'appellerai quand je serai de retour à Paris. C'est peut-être encore plus simple.

VINCENT

Son histoire commence là, ce serait bien qu'il soit là.

Silence.

VINCENT

C'est dingue, non, à qui ça arrive ?

ARNAUD

À qui, à quel moment, en plus c'était la période idéale, ça faisait combien de temps que tu n'étais plus avec Peter ? Quand est-ce que vous aviez eu ce fight, avec les flics ?

VINCENT

On s'était fait arrêter par une patrouille en voiture. Je me souviens, on sortait du Bowler Room, on avait trop bu et on avait commencé à s'engueuler. Les flics nous avaient dit, si vous ne voulez pas qu'on vous embarque, disputez-vous à la maison. Ça m'a, évidemment, mis encore davantage hors de moi. On avait attendu que la voiture se tire pour, cette fois, se foutre dessus. Ils n'ont eu à faire que le tour du bloc et on s'est retrouvés au poste. Peter savait pertinemment où appuyer pour que je sorte de mes gonds. Putain, quand j'y pense, c'était instantané, j'avais tellement de poison à cracher.

ARNAUD

C'est dommage, mais ça arrive. Et il y a toujours une raison.

VINCENT

Et deux semaines après le départ de Peter, je rencontrais Ricardo.

ARNAUD

Une nouvelle aventure commençait.

ARNAUD

Et après Peter, pendant toute cette période de coke, c'était comment le sexe ?

L'homme tasse le joint sur la table.

ARNAUD

Parce que la coke, c'est pas vraiment la drogue des moines, tu n'excelles pas seulement dans l'art de la conversation.

VINCENT

Écoute, moi, déjà, j'ai jamais fait une overdose de sexe.

ARNAUD

Je ne te parle pas d'overdose, mais est-ce que t'as vécu des trucs que tu n'avais jamais vécus avant ?

VINCENT

Hum...

ARNAUD

T'as pas vécu des trucs hors norme ? Ne me dis pas que t'en as pas profité.

VINCENT

Oui, il m'est arrivé des trucs, bien sûr, mais j'ai jamais abusé. Et puis, c'était très différent quand j'étais avec Lucas. Mais ça, c'est un autre chapitre.

ARNAUD

D'accord.

VINCENT

Je t'en parlerai.

Arnaud

OK, j'étais juste intéressé par ce que tu avais vécu, avant qu'on en discute avec lui. Lucas, je ne le connais pas très bien, tu sais.

Vincent

En fait, tu vois, mon truc sexe, je l'ai surtout vécu avec Lucas. Indirectement avec lui. Ou directement, je sais pas comment dire.

Arnaud

Là, tu commences à m'intéresser !

Long silence.

Arnaud

L'apothéose, pour vous deux, ç'a été votre voyage à travers les States. Tu ne m'en as pas encore parlé, mais ce voyage avait quelque chose de très initiatique, non ? J'ai toujours vu cette traversée comme un voyage assez singulier. D'ailleurs j'avais été surpris quand je l'avais appris. Je comprends maintenant que c'était une magnifique manière de souder votre amitié. Le voyage, y a rien de tel pour te marquer à vie. C'est un échange comme une relation sexuelle, non ?

Vincent

Totalement et ça a été une très belle leçon particulière. Lucas, putain, il s'est bien éclaté. Ce n'était même pas avec la coke, mais c'est ce qui en a découlé. La coke nous a entraînés dans une autre histoire. Absolument.

ARNAUD

Qui a mis en branle d'autres événements ?

VINCENT

Dans cette histoire-ci précisément.

ARNAUD

Les portes se sont ouvertes, mais vous aviez besoin de les franchir et de les vivre pour que ce ne soit plus un fantasme.

VINCENT

On a pris des risques, parce qu'il était hors de question de ne pas tout essayer et de rester sur notre faim. On n'avait rien à perdre.

ARNAUD

You cannot loose if you don't play !

Ils se passent le joint, ils restent silencieux, le regard dans le vague.

VINCENT

Ouais. C'était tout à fait ça. Et puis, dix mille dollars, en fait c'était ridicule.

ARNAUD

Parce qu'avec un kilo, tu te fais combien ?

VINCENT

Un gramme, ça vaut cent dollars pour de la super-bonne, on est bien d'accord ! Sinon tu trouves pour beaucoup moins cher.

ARNAUD

Combien de grammes par kilo, mille ?

VINCENT

Je te laisse faire le calcul, mon gars.

ARNAUD

Ça te fait cent mille dollars pour un kilo, donc deux cent mille dollars pour deux kilos, putain, vous vous êtes fait deux cent mille dollars ?

VINCENT

Bien moins, mais ouais, dans cet ordre d'idée. T'imagines pas tout ce qu'on a consommé et tout ce qu'on a donné !

ARNAUD

M'en souviens pas...

VINCENT

On a tout grillé.

ARNAUD

J'étais pas dans les parages, Vincent, t'inquiète, j't'en veux pas.

VINCENT

Il y a eu ce voyage qui a coûté une fortune.

ARNAUD

Vous étiez parti combien de temps, trois mois ?

VINCENT

Pour moi, presque. Pour Lucas, il ne pouvait partir qu'un mois. Emma s'était occupée de Julien jusque-là, elle avait besoin qu'il passe du temps avec son fils. Elle avait été cool. Il s'était fait quelques allers-retours en avion. Emma devait quitter la maison qui était trop grande pour elle et Julien. J'te raconte même pas, entre les trois mois à Philadelphie et la traversée des States, on a fait exactement ce qu'on voulait. On a fait que ce dont on avait envie. On ne s'est rien refusé. On était libre, on n'avait pas de soucis. C'était génial.

ARNAUD

Revenons à Lucas, à Philadelphie, que se passe-t-il ? Toi tu es à New York, tu as l'école, lui, il est à Philadelphie. C'est lui qui a la came. Tu vas souvent le voir. Il deale pour toi. Vous vous faites du fric, vous faites la fête, tous les week-ends, jusqu'à ce que vous vous disiez, on a assez de fric, on va en faire quelque chose et vous vous tirez en voyage ?

VINCENT

Non, ça ne s'est pas passé comme ça. Du tout. Et entre nous, je pense encore à un truc, parce que si je dois te raconter la vérité, et bien je dois te le dire, y avait encore une autre personne. Mais je ne sais pas si je peux te dire qui c'est. Il ne serait pas d'accord qu'on le mentionne. Je sais, je lui ai déjà posé la question.

L'homme chuchote quelque chose l'oreille de l'autre.

ARNAUD

Non ! Et depuis le début ?

VINCENT

Ouais, depuis le début. C'était le trio infernal. Mais c'était surtout à la fin, en fait.

ARNAUD

Il était le meilleur pote du mec de ta frangine, non ?

VINCENT

Ouais, ils se sont rencontrés quand elle est venue me rendre visite. Un jour, je l'appelle et il me dit qu'il est avec ma mère ! Ils s'étaient tous tirés en Italie. Non, mais tu vois, avec ma mère ! J'te jure. Il me dit, j'suis avec ta mère et tes deux sœurs, tu veux leur parler ?

ARNAUD

J'hallucine. Tu te souviens où tu te trouvais à ce moment-là ?

VINCENT

On était à San Francisco. Et avant de partir de New York, on était devenu tous les trois inséparables. C'était la fusion. C'était incroyable. On se voyait tous les week-ends. Tout ce qu'on voulait, c'était d'être bien entre nous, de rigoler, de s'amuser, de profiter de cette putain de vie. On était comme des ados. On ne se prenait pas au sérieux. C'était...

ARNAUD

Festif.

VINCENT

Joyeux. Et puis moi, je voulais faire ce voyage. C'était le bon moment. Et il fallait que Lucas vienne, on était trop complémentaires. Quand je lui ai proposé le voyage, il m'a dit, ouais, ouais, on verra. Il ne me prenait pas au sérieux. Et un jour, j'suis arrivé devant lui et je lui ai dit, Lucas, j'ai acheté les billets, c'est telle date et on s'est cassés. L'idée, c'était d'aller à San Francisco en voiture. J'avais une carte de crédit et le *Spartacus*. C'est tout ce qu'on avait parce que Lucas avait oublié le *Guide du routard* chez lui.

Les deux hommes rigolent.

VINCENT

À part ça, c'était génial pour les motels, les guest houses, les clubs, quelques saunas tout de même. On s'est retrouvé dans des bleds incroyables, dans le Kansas, dans le Colorado, dans l'Ohio, on est tombé sur des guest houses gays, je t'explique pas.

Tip top. On a toujours été bien reçu. Toujours clean, toujours cool. Et Lucas, il me le répète encore, s'il doit partir à nouveau, il voyagera avec le *Spartacus*.

ARNAUD

Qu'avez-vous fait quand vous êtes partis de New York ?

VINCENT

Pour New York, j'avais réservé quatre nuits au Chelsea Hotel, je ne voulais pas partir tout de suite. Je voulais voir un autre New York. Tout ce qu'on avait, c'était du pognon et la date de retour, pour moi c'était le 1er novembre, pour Lucas c'était le 15 septembre et puis finalement, il est resté à San Francisco jusqu'au 1er octobre. J'avais réservé l'hôtel en août. Comme je te le disais tout à l'heure, Lucas ne pouvait pas partir trois mois sur la route. Entre son boulot, son gosse et son divorce, ce n'était pas simple.

ARNAUD

Et pour le pognon, comment t'as fait pour avoir une carte de crédit ?

VINCENT

J'avais une carte ouverte.

ARNAUD

Quoi, t'as foutu du fric sur un compte, t'es arrivé à la banque et t'as mis combien ?

VINCENT

Pour commencer, j'ai mis dix-sept mille dollars...

ARNAUD

Et ils ne t'ont pas posé de questions ?

VINCENT

Non. C'est un copain qui me l'a fait.

ARNAUD

Ouais, c'est juste, je crois qu'en dessous de cinquante mille, ils ne te demandent aucun justificatif de la provenance du fric. Au-dessus, c'est preuve à l'appui. Et toi, tu avais une carte de crédit, tu m'épates. Je ne te connaissais pas comme ça. Quelque part, tu officialisais ce fric, tu te rends compte ?

VINCENT

C'est vrai.

ARNAUD

C'était un risque.

VINCENT

Et ce voyage, il m'a coûté la peau du cul. On est parti avec ces dix-sept mille, mais la facture à la fin a été de plus de trente-huit mille dollars.

ARNAUD

Je vois.

VINCENT

Parce que, je te jure, on n'a pas compté, on ne savait pas ce que cela voulait dire.

ARNAUD

Magnifique.

VINCENT

On se l'est joué, comment je pourrais te dire, c'était un mélange entre les années folles et la grande dépression.

ARNAUD

D'accord. Et vos quatre jours à New York, au Chelsea...

VINCENT

Ça, c'était incroyable. Mon premier contact, en arrivant à l'hôtel, faut que je te raconte. Donc, on arrive avec Lucas, on monte dans la chambre déposer les bagages, moi, je devais redescendre remplir un formulaire, ou je ne sais plus quoi. J'attends l'ascenseur, je tombe sur un mec sublime, un cowboy, vraiment un beau mec, quoi, il commence à me regarder dans l'ascenseur, et à me fixer...

ARNAUD

Vous étiez dans l'ascenseur ensemble ?

VINCENT

Dans l'ascenseur...

Ils se marrent. Un homme allume une cigarette, attentif.

VINCENT

Il était super-sexy et j'ai compris qu'il était intéressé. J'arrive à mon étage, la porte s'ouvre, je ne bouge pas, la porte se referme, je monte avec lui...

ARNAUD

Yes !

VINCENT

Quand je rentre dans la chambre, Lucas me regarde avec un de ces airs et me dit : « T'as foutu quoi ? » Il m'attendait pour sortir. Je lui raconte l'histoire, tout de suite. C'était tout le temps comme ça, ouais, c'était le premier contact dans le premier hôtel et j'avais l'impression que c'était mon premier voyage.

ARNAUD

J'en ai pas connu des comme ça.

VINCENT

Tu m'étonnes. Tout est possible, j'te dis.

ARNAUD

Dieu merci !

VINCENT

Je sais pas, je devais dégager quelque chose. Il y avait un truc magique, pendant tout le voyage.

C'est comme pour la bagnole. À New York, c'était beaucoup trop cher. Alors on a pris le train pour la Pennsylvanie... Et en Pennsylvanie...

ARNAUD

Mais attends, à New York, vous avez fait quoi ?

VINCENT

M'en rappelle plus vraiment. Ouais, on s'est fait un pique-nique à Central Park au milieu de la nuit. En fait, on s'est beaucoup promené, on est aussi monté sur les World Trade Center...

Un homme s'allume une clope.

VINCENT

En fait, je me souviens, on n'a pas fait d'endroits ou de clubs branchés, on n'est pas sortis en boîte, on n'a pas mangé une fois des sushis, on n'a pas ouvert un guide, on n'a pas regardé de carte, on ne s'est pas fait les musées, on n'est rentré dans aucune galerie, on n'a pas fait de shopping, on n'a pas été voir un spectacle sur Broadway, on s'est simplement promené et on a regardé. On a mangé dans des restos inconnus. On s'est fait un pique-nique à Central Park. On n'a jamais allumé la télévision, on n'est pas allé au cinéma. On n'a pas branché une fois notre ordinateur, on n'a pas checké une seule fois nos mails. On n'a croisé aucun de mes potes. On n'a pas mis une fois les pieds dans East Village. On ne s'est pas rendu une fois au Wonderbar. On n'a jamais pris le métro, on était tout le temps dehors. Ça nous est arrivé de marcher toute la nuit. On se baladait à vélo ou en taxi. Lucas, il adore le taxi new-yorkais. Il était comme un gosse. On se faisait des tours, sans avoir de destination en tête. On s'est tiré à Coney Island, on a bu de la vodka, on a mangé du caviar sur la plage. C'était easy. On n'est pas rentré dans une boutique, tout ce qu'on s'est acheté, c'étaient deux sacs de voyage. On est parti avec rien, on n'avait pas de téléphone portable, pas d'ordinateur, pas de matos, le strict minimum.

ARNAUD

Et pendant le voyage, vous avez fait comment, vous achetiez sur place ?

VINCENT

Non. Comme je te le disais, rien, on n'a rien pris.

ARNAUD

Rien ?

VINCENT

Et ce n'était même pas une histoire d'en être fier. Ce n'était pas une cure de désintoxication, non plus. On passait à autre chose. C'est tout. Lucas, il s'est fait quelques bonnes soirées, il nous avait trouvé une adresse, pour finir, j'te dis ça en vrac, mais faut vraiment que Lucas soit là pour qu'il t'explique plus chronologiquement. C'est à Chicago qu'on avait acheté une voiture complètement pourrie. Dans le quartier black, pour six cents dollars.

ARNAUD

Effectivement, c'est pas cher.

VINCENT

C'était génial de voyager ensemble.

ARNAUD

Hum... Tu veux dire que c'est cool d'avoir quelqu'un qui sait conduire et réparer une voiture ?

VINCENT

Après la voiture, il nous fallait une assurance, le mec nous avait laissé son jeu de plaques, il nous avait donné les papiers, mais...

ARNAUD

Je vois tout à fait ce que c'est, je l'ai fait tellement de fois et il y a toujours un problème.

VINCENT

Il nous fallait une adresse à Chicago.

ARNAUD

Pourquoi à Chicago ?

VINCENT

J'en sais rien, c'est Lucas qui s'en occupait. Apparemment, il nous fallait une adresse locale. Le soir, on était dans un club, Lucas a commencé à discuter avec des gens, moi, je suis parti de mon côté, c'était ça qui était génial avec lui, on pouvait se séparer d'une minute à l'autre pour se retrouver le lendemain. On avait le même programme. Chacun finissait sa nuit où il voulait. Moi, je parlais avec un mec qui m'intéressait, lui, il était avec une meuf et un autre mec, on s'est regardé et on s'est dit à plus ! Il est parti finir la nuit, il a réussi à avoir, cette nuit-là, une adresse pour l'assurance de la voiture et un lit.

ARNAUD

D'une pierre deux coups !

VINCENT

Ouais, il assurait. On n'aurait pas pu partir de Chicago sans cette adresse. Après Chicago, le voyage a pris une autre tournure. On était beaucoup plus indépendants.

ARNAUD

Ce que j'aimerais y aller.

VINCENT

C'est très beau. Et là aussi, on s'est installé dans le quartier pédé. Dans les grandes villes, ce sont toujours les quartiers les plus cool. C'est centré, animé, toujours un peu plus cher, mais on s'en foutait. Maintenant, ça me revient...

ARNAUD

Tu penses à quoi ?

VINCENT

Quand on est arrivé en train à Chicago. C'était super-tard, la meuf voulait nous embarquer, cette conne voulait appeler la police.

ARNAUD

Quelle meuf ?

VINCENT

La meuf du train, la contrôleur ou la contrôleuse, va savoir, parce qu'on avait fumé des clopes.

ARNAUD

Ah, ouais, ils n'aiment pas.

VINCENT

Lucas avec sa grande gueule, j'ai cru qu'on allait se faire embarquer. Ça commençait bien. Il était une heure du mat. C'était glauque. En plus, on n'avait pas d'hôtel, on en pointe un dans le guide, on prend un taxi, on arrive, le mec de la réception, hyper-cool, tête rasée, la trentaine.

ARNAUD

Tout ce que t'aimes !

VINCENT

On lui demande une chambre, il nous répond, c'est complet. Je lui dis, ce n'est pas possible, j'en veux une maintenant.

Il rapproche une chaise pour étendre une jambe.

VINCENT

Ah, je me sens mieux. Le mec, il a vu que j'étais à bout. Il a compati. Il a appelé d'autres hôtels, mais il n'y avait pas une chambre de libre, dans tout Chicago. Il y avait, je ne sais quoi comme événement, un énorme truc et, en plus, c'était samedi soir. Il a essayé plusieurs fois. J'avais demandé à Lucas, dans la journée, de faire cette réservation, tu sais combien je déteste faire ce genre de chose, il m'avait répondu, ne t'inquiète pas, je m'en occupe. Et, devant ce pauvre mec, on a commencé à s'engueuler, j'te jure !

ARNAUD

Je vous imagine, tu vois j'te l'avais dit, mais non, mais si, tu ne m'écoutes jamais...

VINCENT

Comme on ne trouvait aucune solution, le mec a été d'accord qu'on pose nos sacs. On lui a demandé de réserver une chambre pour le lendemain. On a été bouffer un truc, on a bu des verres, on est rentré dans l'ambiance du quartier. Deux heures plus tard, on était en pleine forme. On a fini dans un club, j'ai connu quelqu'un, lui aussi, et on s'est cassé chacun de notre côté.

ARNAUD

Et, le lendemain matin, vous vous retrouviez à l'hôtel. Cool.

VINCENT

Le mec de l'hôtel, quand il me revoit le lendemain, parce que je suis arrivé assez tard, vers onze heures, tu vois, j'avais dormi chez le mec. Lucas était arrivé avant. Donc, le mec de l'hôtel me dit, alors, ça va mieux avec votre boyfriend ? Il était sûr qu'on était un couple. J'ai soif.

Il s'allume une clope, se lève, regarde s'il ne lui reste pas une bouteille, il ne trouve rien, il regarde dans plusieurs placards de la cuisine.

VINCENT

Mais, on est aussi tombé dans les quartiers les pires, en Pennsylvanie, comment elle s'appelait cette ville, ouais, Pittsburgh, une des villes les plus glauques que j'ai jamais vue. C'est industriel, il n'y a pas grand-chose à voir, à part le musée Warhol, mais il était fermé. En sortant de la gare, on a demandé au mec du taxi de nous conduire dans un hôtel pas cher, il nous a emmenés dans un quartier bien space, des petites maisons, comme ça, alignées les unes aux autres. L'hôtel n'était pas génial, pour sûr, il n'était pas cher... Je me rappelle, il était immonde, tenu par des Indiens, ah, je me sentais mal. C'était tellement propre qu'on a dormi tout habillé. La maison à côté, c'était un abri pour homeless. Le lendemain matin, en se promenant, on s'est rendu compte qu'on était dans un des quartiers les plus pauvres de Pittsburgh. On n'avait aucune raison de rester plus longtemps, on avait qu'une voiture à checker. Rien d'autre. C'était la première halte après New York. Le soir, on sort. Il y avait du monde dehors, soudain, tout en marchant, on réalise qu'on est les seuls Blancs. On entre dans un bar, j'avais besoin de boire, j'te promets. Un mec vient vers nous, il voyait bien qu'on n'était pas à l'aise, il a été super-cool. Il nous a présenté quelques personnes. Et puis, petit à petit, les gens sont venus causer avec nous, ils voyaient qu'on était des Européens sympas, pas snobs et finalement on est resté trois jours.

ARNAUD

Trois jours ?

VINCENT

Ouais, on est même resté dans cet hôtel. On n'en avait plus rien à foutre. Les gens du quartier étaient contents, même fiers de voir des Blancs qui étaient contents d'être avec eux. C'est dingue ce que les Blancs ont pu faire aux Blacks. Mais j'te dis, j'ai vraiment eu peur dans ce quartier.

ARNAUD

Un juste retour.

Pause.

ARNAUD

Et toi, à cette époque, c'était quoi, un amant dans chaque port ? Ou plusieurs amants dans un port ?

VINCENT

Moi, j'étais à la recherche de l'amour à ce moment-là.

ARNAUD

Euh… plutôt d'aventures, non ?

VINCENT

J'étais à la recherche de quelque chose. D'aventures et de plus… Tu me connais, avec moi, c'est toujours open.

ARNAUD

Ce que t'as vécu au Chelsea Hotel, ça donnait le ton, non ?

VINCENT

Comment je me sentais à l'époque ? Comment ? Je crois que j'étais encore amoureux de Mike.

ARNAUD

Le bûcheron ?

VINCENT

Non, mais arrête, je te vois déjà venir, Mike le bûcheron, tu sais, et je sais que tu sais, qu'il n'était pas bûcheron.

ARNAUD

J'ai toujours sa photo en tête, il est dans la forêt, il porte une chemise à carreaux. Il avait vraiment l'allure d'un bûcheron, tu m'excuses.

VINCENT

J'étais encore amoureux de lui. Mais ça jouait pas.

ARNAUD

Pourquoi, il avait quelqu'un ?

VINCENT

Ouais. On a quand même vécu des choses ensemble. Et puis, tu le sais aussi bien que moi, quand on ne peut pas avoir quelqu'un, on s'accroche encore davantage. Je cherchais à l'oublier, c'était dur. J'avais besoin de me distraire.

ARNAUD

Au moins pendant le voyage, tu avais quelqu'un à qui penser... Tout en étant libre de faire ce que tu voulais !

VINCENT

Et ce voyage était tellement incroyable que quand je suis rentré, j'étais différent. Quand je suis arrivé à San Francisco, j'ai rencontré un mec et je suis resté avec lui trois semaines. C'était un chouette mec. Il m'a fait découvrir la ville. Les gens de San Francisco sont super-cool. C'est une race à part aux States. J'ai adoré cette ville et les mecs. Parce que bon, tu le sais autant que moi, les Américains, culturellement, ils viennent d'une autre planète.

ARNAUD

Je me souviens que, quand tu es rentré, tu m'avais appelé et tu m'avais dit, bouge ton cul et tire-toi de Paris, va à San Francisco ! Les mecs ont le sourire, ils vont bien, il y a cette solidarité qui n'existera jamais dans ce pays. Ouais, tu m'avais sonné les cloches. Je me rappelle bien.

VINCENT

Ouais, ils ont le sourire.

ARNAUD

Dis-moi, t'as déjà revu Pierre ?

VINCENT

Quoi, il a quitté San Francisco ?

ARNAUD

Tu ne savais pas ?

VINCENT

Suis jamais au courant de rien.

ARNAUD

Il est revenu à Paris. Je lui avais envoyé un texto pour l'inviter à venir passer le Nouvel An à la campagne, il m'a répondu, qu'il venait d'emménager avec son mec à Bastille et qu'il était trop raide pour venir.

III

Be honest with yourself,
diplomatic with others.

Ron Padgett

Campagne à une heure de Paris.

Intérieur d'une vieille ferme, un feu dans la cheminée tente de réchauffer les murs en pierre. Le séjour est chargé d'objets, de vitrines, de tables, le tout entouré par deux énormes canapés en velours vert. Plusieurs tapis d'Orient recouvrent le plancher en quinconce, c'est un vrai capharnaüm. Un homme s'affaire dans une cuisine. Il ouvre une bouteille de champagne, se sert un verre, le boit cul sec. Angels with dirty faces *de Sum 41 passe en boucle. L'homme hurle, saute, tourne en rond, un couteau dans la main en guise de micro...* I don't think I can make it through this, now it's got a hold of me, the less I do, the more it makes no sense... *Sur la table, un festin se prépare, les plats empilés les uns sur les autres, on distingue un poulet, du fenouil, des carottes, des citrons, des poires, une multitude de fromages et de nombreuses bouteilles.*

Quelqu'un sonne à la porte. Il va ouvrir. Un homme entre dans le salon. Il est grand, blond, baraqué, il porte un t-shirt blanc et un jean, ses deux bras sont recouverts de tatouages. Ils se donnent une accolade. La musique couvre leurs mots.

ARNAUD

Salut mon... Non, pas du tout... J't'ai... Pas grave... Cool... Arrête, c'est parfait... Sept heures.

Ils sont dans la cuisine, ils trinquent, un homme se balade dans la grande pièce, sa démarche est lente, nonchalante, se balançant de gauche à droite. Il regarde, touche quelques objets tout en parlant, le dos tourné au cuisinier.

LUCAS

Tu te souviens... Fête... Julien... Trois ans... Plus... Dimanche...

Un homme regarde sa montre. Il met un plat dans le four, se dirige vers la stéréo, baisse le volume de la musique, retourne à la cuisine et commence à peler des poires.

ARNAUD

Je n'ai rien entendu, Lucas, qu'est-ce que tu me disais ?

LUCAS

Je me souviens que j'étais venu, il y a peut-être trois ans déjà, j'étais avec Julien et Lisa.

ARNAUD

Bien sûr, j'avais complètement oublié. Je fumais beaucoup trop à l'époque. Dis-moi, Lucas, j'ai vu Vincent à New York, il y a quelques mois, il a commencé à me raconter... C'est incroyable cette histoire... Je suis ravi que t'aies pu venir, parce que tu le connais, tu ne sais jamais s'il a tout inventé ou s'il l'a réellement vécu... Il y a certaines choses que je n'arrive pas à comprendre. Tout paraît trop simple. Tu dois avoir une meilleure mémoire que Vincent. Non ? Je ne savais rien et jamais je ne l'aurais su, s'il ne m'avait pas dit. Comment avez-vous gardé un tel secret ? Je sais, je ne suis pas fait comme vous, je n'ai jamais réussi à garder quoi que ce soit pour moi. Mais je ne te connaissais pas comme ça. T'as changé à ce point ?

LUCAS

Moi, je te dis, la coke, j'en avais pris quelquefois, deux ou trois fois, vraiment pas très souvent, ça ne m'avait jamais attiré. Moi, j'étais quelqu'un en retrait, rustre et tout, j'osais pas parler. J'peux pas dire qu'elle m'a métamorphosé, mais je peux dire que je suis devenu un autre mec.

ARNAUD

Me souviens.

LUCAS

D'accord. Et puis là, même maintenant, putain, tu peux plus m'arrêter. Ça m'est resté, tu vois. Ça te montre que tu peux aller là-bas et revenir.

ARNAUD

Un voyage qui ne vous a pas coûté très cher !

LUCAS

Disons que ça ne nous a pas apporté des problèmes supplémentaires de thune, comme la plupart des mecs qui en prennent régulièrement. Le côté fric rentre en ligne de compte, parce que, très rapidement, ça veut dire dettes. Pour nous, par cet heureux hasard, le côté glauque du fric n'était pas présent. C'était du pur fun. C'est pour ça que cette histoire est plus qu'une histoire.

ARNAUD

Et quand Vincent t'a apporté ce kilo, quand t'as vu ce bloc, que s'est-il passé ?

LUCAS

On avait déjà dealé un peu avant, mais là, c'était différent.

ARNAUD

T'avais déjà dealé ?

LUCAS

Il ne te l'a pas dit ? Ouais, ça nous arrivait d'acheter une dizaine de grammes et de les revendre.

L'homme met la tarte aux poires dans le four.

LUCAS

C'est ce qui nous a sauvés, on n'a pas eu tout de suite ce kilo, c'est venu petit à petit...

ARNAUD

Attends, t'achetais tes dix grammes à qui, à Ricardo ?

LUCAS

Ben ouais, il était à la maison et tu connais Vincent, il obtient toujours ce qu'il veut.

Toujours accoudé autour du plan de travail, l'homme sert la dernière coupe de champagne.

LUCAS

Quand j'ai vu ce truc, comme un bouquin, large comme ça, tu vois, rectangulaire, comme une plaque de plâtre, avec du papier d'alu, du scotch, du papier de carbone autour, enfin, je te passe les détails, il devait y avoir quinze millions d'emballages... Je me rappelle, il y avait un fer à cheval, un véritable fer à cheval qui avait été encastré dans le bloc, ça devait provenir de la presse, tu vois, comme la signature du laboratoire.

L'homme ouvre le four, surveille la tarte.

LUCAS

Quand j'ai vu ce truc, je me suis dit, soit on se fait gauler, soit on devient accro. J'ai dit à Vincent, il y a trop, c'est trop gros. Direct. Les mecs, aujourd'hui, s'ils se font choper, un kilo c'est dix ans de taule.

ARNAUD

Et tu sais que t'es jugé en fonction de la qualité ?

LUCAS

C'est dégueulasse, parce que je peux t'acheter cent grammes de coke de pure et te la remplacer par trois cents de merde.

ARNAUD

Peut-être que ça revient au même. Trois cents de merde pour cent de pure.

LUCAS

Le coupable devrait être celui qui la transforme en merde.

ARNAUD

Je suis d'accord !

LUCAS

On est bien loin du Summer of Love !

ARNAUD

1967, San Francisco. Ouais, et, cet été-là, c'était déjà le commencement de la fin. Ce dont il faut se souvenir, c'est ce qu'il s'est passé avant, avant de mettre un mot sur ce qu'ils vivaient. Summer of love. C'est magnifique quand tu y penses. Ce fut un tel réveil et une telle manifestation due à la drogue qui les avait changés, et à leur tour, ils voulaient changer le monde. Non pas de l'individualisme, mais de la conscience collective. Ce n'était ni avec de la coke, ni avec de l'héro. C'est certain. C'était le pouvoir du LSD, des champignons, de l'herbe. Et le mot d'ordre était : faites l'amour, pas la guerre. Le peu qu'ils avaient, ils le partageaient. T'as raison, on en est bien loin aujourd'hui. Et quand tu vois, depuis quelques années, les ravages du crystal meth aux States, c'est de l'ordre de l'hallu totale. Ça décime le pays. C'est aussi simple que ça. Et le gouvernement aime encore s'en prendre aux fumeurs de joints. Le jour, où l'on arrêtera de tout mélanger, de tout mettre dans le même panier et enfin de comprendre les drogues, le monde ira mieux. Bref, je m'emporte... Revenons à nos moutons... Tu veux dire que tu t'exerçais, d'abord à couper, dix grammes ?

LUCAS

Non, quand on avait dix grammes, on en tirait cinq et avec les cinq autres, on se payait une quinzaine de vodkas.

ARNAUD

J'ai bien compris. C'est pour imaginer le crescendo. Parce que si t'arrives, direct avec un kilo, j'imagine que tu peux tout foutre en l'air, si tu ne connais pas vraiment le job.

LUCAS

Arnaud, dix grammes, c'est ridicule !

Un homme regarde sa montre, sort la tarte aux poires et la dépose sur le dessus de la cuisinière. Ensuite, il met le poulet dans le four.

LUCAS

Quand Vincent m'a apporté le matos, j'habitais chez la fille d'un juge, qui était une copine. Elle vivait avec un Black dans l'appartement, qui n'avait pas de papiers, ce qu'elle avait évidemment caché à son père. La nuit, je faisais des rêves, je voyais, les headlines dans le Post, tu sais, des trucs, genre, Drogue et esclavage chez le Juge, ou Le Laboratoire secret du Juge, Illegal Business at the Judge. La vision des flics débarquant à la maison m'a hanté jusqu'à ce qu'on n'ait plus de drogue !

ARNAUD

Où est-ce que tu l'as cachée ?

LUCAS

Ben, je l'ai mise dans ma chambre. Qui serait venu dans la maison d'un juge ?

ARNAUD

Où dans ta chambre ?

LUCAS

Le moins caché possible, dans un carton à chaussures. C'était tellement gros que tu ne pouvais pas planquer ça dans une chaussette. Je me souviens aussi, que plus j'en avais, moins j'avais peur. Quand j'avais ce kilo, j'aurais pu traverser la ville sans aucun souci, mais, quand il ne m'en est resté moins de cent grammes, j'étais sûr que j'allais me faire gauler et je n'osais plus sortir.

ARNAUD

Un brin...

LUCAS

Parano ? Absolument. Je ne sortais plus de la baraque.

ARNAUD

Tu me parleras de la parano plus tard, c'est un sujet qui m'intéresse beaucoup. Tiens, sers-nous un verre, s'il te plaît.

LUCAS

Désolé, j'ai même pas apporté une bouteille.

ARNAUD

Pas de soucis. Il y a tout ce qu'il faut.

LUCAS

Et toi, comment ça va ? Tu m'as l'air en pleine forme.

ARNAUD

Ça va bien, mieux même, maintenant que je sais que je pars bientôt. J'étais trop isolé ici. Me réjouis de faire partie à nouveau du monde des vivants.

LUCAS

T'as la belle vie, tu ne trouves pas ?

ARNAUD

Tout le monde fantasme sur ma vie. C'est amusant. Et pour tout te dire, je ne sais pas combien de personnes pourraient s'en sortir avec le sourire. Tu veux un autre verre ? Il y a de la vodka, une bouteille de blanc au frigo, du rouge, qu'est-ce qui te ferait plaisir ?

LUCAS

Ouais, je prendrais bien une vodka. J'ai eu une super-longue journée. Mon boulot me fatigue.

ARNAUD

Et sers-moi un verre de vin blanc.

Il sort le poulet du four et le retourne. Ensuite, il râpe du fromage et le répartit sur le fenouil...

LUCAS

Tu sais, il y a plusieurs années je suis venu dans la région pour un boulot, ouais, j'étais pas encore avec Emma. Dans un bled, qui s'appelait comment déjà, Miso, Mizo, Missy quelque chose...

ARNAUD

Misery ?

LUCAS

Misery, exactement, c'est bien dans la région ?

ARNAUD

C'est beaucoup plus au nord, c'est près d'Amiens. Tu te souviens du film de Stephen King ? Ah, putain, la scène des chevilles fixées au morceau de bois et la masse... Rien que d'y penser, ça me donne encore la chair de poule. Il est trop fort.

Il entend le bruit d'une moto, il se penche en avant, par-dessus de l'évier, regarde par la fenêtre, pour voir si elle s'arrête bien devant la maison. Il se retourne, consulte à nouveau sa montre. Un homme, les mains dans les poches, se promène dans le salon.

ARNAUD

D'ailleurs, il y a le père de quelqu'un que tu connais très bien qui habite dans ce village. Hé Lucas, va ouvrir la porte, il y a quelqu'un qui va vouloir entrer.

LUCAS

Qui ?

ARNAUD

Fabien Perrin.

LUCAS

Fabien ? Non !

LUCAS

Oh, putain, ce qu'il fait froid dehors... Mais c'est qui ? Non, arrête... Je ne savais que tu étais ici. Mais qu'est-ce que tu fous, c'est pas vrai ! Viens que je t'embrasse.

ARNAUD

Ouais, son père habitait Misery.

L'homme sert le nouvel arrivant dans ses bras, l'attrape par la nuque pour l'embrasser sur la bouche. Il le repousse affectueusement.

VINCENT

Tu vois, c'est moi, fidèle, toujours fidèle. Putain mon gars, mais laisse-moi rentrer, je suis frigorifié. Je me suis encore planté de route pour venir, mais quelle galère, ce temps. Je crois que je n'ai jamais pris le bon chemin. Vous parlez de qui ? Tu prends du poids, mon beau, fais gaffe.

Lucas

J'ai arrêté de fumer !

Vincent

Ça se voit.

Arnaud

Pas important. Vincent, qu'est-ce que je te sers ?

Vincent

Putain, j'ai une de ces dalles, c'est trop cool de se voir tous les trois. Ça fait super-longtemps. Oh, je prendrais bien un verre de rouge, ça me réchauffera.

Il enlève sa veste et la dépose sur le dossier du fauteuil.

Vincent

T'as vu, Lucas, le chat qui dort entre les pattes du chien ?

Lucas

Ça me change du mien. Il n'a vraiment pas l'air d'être une prise de tête. Dès que quelqu'un arrive chez moi, mon chien saute dans tous les sens, pendant au moins quinze minutes. Il me rend cinglé.

Arnaud

Tu devrais inviter Cesar Millan, the dog whisperer...

Il dépose le gratin de fenouil sur la table, de l'autre main, il dépose les couverts sur la table et renverse la bouteille de rouge sur la table.

ARNAUD

Évidemment...

VINCENT

Merde, attends que je t'aide.

Il va à la cuisine chercher une serviette. Le vin se répand et coule à travers les trous de la table en bois, il se baisse, nettoie le sol. Un homme commence à couper le poulet sur le plan de travail.

ARNAUD

Les amis, on va bientôt pouvoir se mettre à table.

VINCENT

Lucas, j'voulais te dire, j'ai complètement flashé sur Sophie.

LUCAS

Ah, ouais, t'es pas le premier !

ARNAUD

C'est qui Sophie ?

Lucas

C'est ma nouvelle meuf, une petite nana de rien du tout, elle a l'air d'une petite puce, elle a le même âge que moi, pourtant tout le monde lui donne vingt ans.

Arnaud

T'as quel âge, Lucas ?

Lucas

Moi, j'ai trente-quatre et âge mental douze ! Ouais, elle est vraiment cool.

Arnaud

Vous habitez ensemble ?

Lucas

J'aime habiter avec ma meuf. Les relations à distance, c'est vraiment pas mon truc.

Arnaud

Suis comme toi. Mais c'est incroyable ce que les gens ont peur d'habiter ensemble, tu ne trouves pas ? Ils ont peut-être trop de meubles et ils ont peur de devoir tout déménager si ça ne fonctionne pas.

Lucas

Et puis, tu sais, il y a trois mois, elle a accouché !

Arnaud

C'est pas vrai.

VINCENT

J'ai complètement oublié de te le dire.

LUCAS

Ouais, d'une petite fille, elle s'appelle Lili.

ARNAUD

Cool et ton fils, il est content ? Ça se passe bien ?

LUCAS

T'as pas idée.

ARNAUD

Waouh, déjà deux enfants... Il est temps que je me bouge le cul, que je me trouve quelqu'un, j'en ai marre de parler toute la journée à mon chien et mon chat.

VINCENT

Et t'as vu son nouvel appart ?

ARNAUD

Non, on m'invite jamais nulle part, t'habites où ? C'est grand ?

LUCAS

Dans le IXe, rue Rodin. Ouais, c'est pas mal, cent soixante mètres carrés, sur deux étages. Et pour le loyer que je paye, je ne peux pas me plaindre. C'est tellement dur de trouver un appart à Paris. J'ai une grande baie vitrée qui fait toute la façade du premier étage. J'ai dû sabler le verre, j'ai beaucoup de la lumière, mais aucun dégagement. Je dois dire que j'ai eu vachement de bol.

ARNAUD

Comment s'est passé ton retour des States ?

LUCAS

C'est toujours super-dur de tout recommencer à zéro. D'abord c'est grisant, mais au quotidien tu te prends vraiment la tête. J'ai habité de gauche à droite pendant un an. J'avais pas mis de fric de côté, et quand t'es seul, tout était super-cher. Je me suis senti sur la touche pendant un bon moment. Mes potes, ben, ils ont gardé leur vie, leurs habitudes, ils n'avaient pas vraiment de temps pour moi. Et puis, tu vois, il me fallait une chambre pour Julien quand il venait en week-end. Je me suis dit, en regardant les journaux, qu'il fallait que je trouve une surface commerciale, c'est moins cher et on peut toujours s'arranger avec la gérance. Un pote me parle de ce quartier, tout de suite, je lui dis, mais laisse tomber, c'est trop bruyant. J'y suis quand même allé. Je n'ai même pas eu besoin de rentrer. Je me dis que je n'allais pas trouver mieux et qu'il fallait que je le prenne. Quand on a signé le bail, j'ai demandé si je pouvais y habiter, ils ont demandé au gérant.

Pendant ce temps, un homme s'occupe de faire le service.

ARNAUD

Excuse-moi, Lucas, de t'interrompre, est-ce que la musique est encore trop forte ?

VINCENT

Non, ça va bien.

LUCAS

Ils ont demandé à la gérance qui devait avoir l'accord de la mairie. Figure-toi que ça n'a pas pris une semaine !

ARNAUD

Ils ont dû transformer l'appartement en fonction des nouvelles normes, non ?

LUCAS

Ouais, mais je leur ai dit que je prenais tout à mes frais. Maintenant, j'ai les deux permis, habitation et surface commerciale.

VINCENT

C'est un appart dans lequel tu peux facilement rester pendant dix ans.

ARNAUD

Cool, et t'as réussi à obtenir un bail pour combien d'années ?

LUCAS

Renouvelable tous les cinq ans. Le mec de la gérance a absolument voulu voir comment je m'y étais pris. Il a été surpris par mon boulot. J'ai dû construire une cuisine, m'occuper des écoulements, y avait du gros œuvre.

ARNAUD

Ah, ouais, putain, t'es doué. M'occuper d'étanchéité, je ne sais pas si je me ferais suffisamment confiance.

LUCAS

J'ai dû aussi couler une dalle entre les deux immeubles, parce qu'au rez-de-chaussée, où il y a l'école de piano, la chape était trop fine. J'ai dû tout refaire. Évidemment, j'ai tout laissé apparent. Vincent, t'en as pensé quoi ?

VINCENT

C'est un bel espace.

ARNAUD

T'as coulé une dalle en béton ? Je ne saurais pas faire ça !

LUCAS

Mais moi, non plus. Tu sais, maintenant, dans ces énormes do-it-yourself, ce sont des anciens pros qui y travaillent, après s'être fait virer des chantiers parce qu'ils sont trop vieux. Ils te donnent les meilleurs conseils que tu puisses trouver. J'ai rencontré un type super-cool qui m'a tout expliqué. Et c'est pas compliqué, faut avoir les bons matériaux et suivre, à la lettre, la marche à suivre. Je m'y sens bien. L'espace est très convivial. Quand mes potes disent qu'ils passent juste cinq minutes, et bien deux heures après, ils sont toujours là... J'aime bien. Et le dimanche, j'ai pris l'habitude de faire des brunchs. Le samedi, j'trouve que tout le monde est bien trop excité.

Un homme se lève et commence de débarrasser la table.

ARNAUD

Et ça t'a pas coûté trop cher ?

LUCAS

Écoute, j'ai un boulot, j'ai pris mon bonus de l'année dernière et, tu sais, j'en avais ras-le-bol du second hand, alors je me suis payé ce qu'il y avait de mieux. J'avais besoin de neuf. C'est comme les meubles, tu sais, j'aime pas les garder, c'est trop connecté avec qui tu les as eus et me les trimbaler d'histoire en histoire, c'est pas cool. Quand je quitte une gonzesse, j'lui dis tout suite, tu gardes les meubles. J'ai pas envie de baiser dans le même lit avec une autre meuf.

VINCENT

Ton repas était parfait. Le poulet au citron avec un gratin de fenouil...

LUCAS

Extraordinaire !

ARNAUD

T'es con.

Un homme se balance sur l'arrière de sa chaise, il se frotte le ventre.

LUCAS

J'adore bouffer, j'adore boire, mais au moins j'ai arrêté de fumer, suis assez content de moi.

ARNAUD

Tu nous l'as déjà dit. Ça fait combien de temps ?

LUCAS

Ça fait cinq mois et demi, après avoir fumé deux paquets et demi par jour.

ARNAUD

Sans hypnose, sans patch, sans chewing-gum ?

LUCAS

J't'arrête tout de suite ! Ç'a été beaucoup plus simple. Quasiment toutes les nuits, je voyais l'image d'une trachéotomie.

ARNAUD

Ouais, c'est radical.

LUCAS

J'étais convaincu que j'allais mourir à cause de la clope. J'ai réalisé combien je consommais. Je me lève à six heures du mat, eh bien à neuf heures, j'en ai déjà fumé douze... J'en ai eu marre.

VINCENT

Bravo et t'as jamais été un fumeur de joint, en plus.

ARNAUD

Si ça ne vous dérange pas, les amis, j'aimerais bien revenir à votre histoire. Est-ce qu'il vous est arrivé de vous considérer cocaïnomanes ? Je parle de dépendance.

LUCAS

Ouais.

VINCENT

Moi, j'y pense même pas et je n'y ai jamais pensé.

ARNAUD

Et dans le cas de figure où tu n'en avais plus sur toi, tu flippais ? Tu te sentais mal ?

LUCAS

Non, parce que je savais qu'il y en avait plein à la maison ! Quand j'étais avec Lisa, je le lui ai toujours caché et je sais que j'ai réussi à le lui cacher. Le soir, quand je rentrais à cinq heures, j'avais toujours cinq six lignes sur plusieurs CD, répartis dans l'appart. Elle n'a jamais rien vu. Une fois, on s'est tiré un week-end chez ses parents. Là, tu vois, je n'avais rien pris avec moi. Fallait tout de même pas que je prenne le risque de me faire choper. Donc juste avant de partir, je passe une dernière fois aux chiottes pour finir le paquet, et putain, je commençais déjà à angoisser de passer deux jours sans en avoir. Finalement, le week-end s'est très bien passé. Par contre, en partant de chez eux, sur la route, plus j'arrivais proche de la maison, plus l'agressivité remontait, parce que tu sais que tu vas pouvoir très vite en reprendre. C'est à ce moment-là que le temps s'étire et tu as l'impression que tu ne vas jamais arriver à temps. C'est presque la panique. Garer la voiture est une torture. T'as juste envie de tout balancer.

VINCENT

J'ai pas tellement connu ça. J'avais pas ce besoin, j'ai jamais eu de flip. Au contraire, j'étais content de ne pas en prendre. D'avoir quelques jours de repos.

LUCAS

Moi, dans la journée, j'étais arrivé à trois grammes, pour ma journée de boulot, j'dis bien.

ARNAUD

Et jamais personne ne t'a fait de remarques ?

LUCAS

Au boulot, ils n'ont jamais rien vu.

ARNAUD

Et Lisa ?

LUCAS

Elle ne m'a connu que comme ça.

ARNAUD

Logique.

VINCENT

La pure, t'as pas le speed !

ARNAUD

J'ai compris, de la pure ou rien ! On est trop habitué à de la merde.

LUCAS

Et pour Lisa, ben, j'étais explosé du soir au matin.

ARNAUD

Et t'arrivais à baiser ?

LUCAS

Elle ne s'est jamais plainte.

ARNAUD

Tu te souviens, la première fois que tu l'as embrassée, c'était au *Angel's*, hein, j'crois bien, putain cette soirée, ce qu'on était explosé.

LUCAS

T'en es sûr ?

ARNAUD

Donc, pas une fois parano ?

LUCAS

Non.

VINCENT

Ça m'est peut-être arrivé une fois, mais non, pas vraiment.

LUCAS

Le truc, c'est l'aisance que tu as avec les gens. Par contre quand les gens te parlent, tu ne peux pas les regarder dans les yeux, t'es quand même speed. Ça m'arrive souvent de me dire, aujourd'hui, ah, tiens, lui, j'suis sûr qu'il en prend. Et tu serais étonné du nombre.

VINCENT

Mais comme je te le disais, on n'avait pas le stress d'un dopé, qui doit chercher le fric, trouver un plan, dealer pour rentrer dans ses frais et je t'en passe... Non, on n'avait rien de tout ça.

LUCAS

On était comme des gosses qui se faisaient de l'argent de poche.

VINCENT

Aucun stress de tomber sur de la merde bourrée d'amphétamine qui te rend complètement parano !

LUCAS

Un jour, je me suis retrouvé dans un bar, je dois te dire que je suis assez claustrophobe. J'étais accoudé, au fond de la salle... T'es là, qu'avec des cons à côté de toi, tu te retournes et tu vois toute la salle qu'il te faudra traverser pour sortir. Tu manques d'air, tu manques de tout, ouais, j'pense que je me suis fait plus d'une crise d'angoisse. J'avais l'impression que je n'arriverais jamais à sortir. J'ai aussi eu des crises en ville, en bagnole, j'ai eu plusieurs fois l'impression que mon cœur allait s'arrêter. Comme le point dans la nuque qui monte et qui te transperce sur toute la largeur du cou. T'as déjà senti ça ? L'angoisse assurée. Limite arrêt cardiaque, quoi ! Mais bon, aujourd'hui, je ne touche pas plus à ça, je suis clean. J'veux plus me sentir perdu en prenant le volant.

ARNAUD

Et tu ne prenais rien, ni Valium, ni Tranxilium, ni calmant, rien ?

LUCAS

Non, tout ce que je faisais, c'était de la respiration, je me conditionnais à respirer lentement, profondément. Je me suis trouvé, un jour, à un feu rouge, je pensais que j'allais y passer... Et puis, au vert, c'est passé et c'était reparti.

ARNAUD

Et comment as-tu passé le cap ?

LUCAS

Une fois que j'avais eu cette crise, ça allait tout de suite mieux. J'ai toujours réussi à gérer.

VINCENT

Moi, j'avais l'école, il y avait un minimum à assurer.

LUCAS

Ouais, Vincent, t'avais une sacrée hygiène, moi pas.

VINCENT

C'est ce que j'essayais de t'expliquer, j'arrivais à m'arrêter.

LUCAS

Si tu me donnes dix grammes, je les finis.

ARNAUD

Je suis pareil !

VINCENT

Dès que je voyais Lucas, je quittais les cours et le premier truc qu'on se faisait, c'était une chiotte publique et j'oubliais tout.

LUCAS

Les gens avaient confiance en nous. On les attirait. Sais pas comment dire et pendant notre traversée des States, c'était incroyable, comment les deux, tu aurais pu nous foutre dans le Bronx, où tu veux, on s'en sortait comme des dieux.

ARNAUD

Ça Lucas, Vincent a commencé à me le raconter, mais on s'est vite arrêté parce que tu n'étais pas là.

LUCAS

Je vais te le raconter.

ARNAUD

Parce qu'en fait, excuse-moi, une fois que vous êtes partis de New York, vous n'aviez plus rien avec vous. Votre traversée a été faite sans coke ?

LUCAS

Exact.

ARNAUD

Jamais tu t'es dit, c'est l'angoisse, je n'ai rien avec moi.

LUCAS

Non, je partais dans une tout autre histoire.

ARNAUD

À quel moment avez-vous décidé de faire cette traversée ?

VINCENT

Arnaud, on s'en fout de la chronologie !

LUCAS

Au milieu de l'histoire. On s'était dit, ce paquet, ça va nous amener de la thune et ce sera à nous. Dans un sens, j'en ai profité un max. Vincent, il était le chef, le boss. Moi, je l'avais préparée, je la vendais à Philadelphie. Vincent m'avait dit, avec ce fric, on se fera la traversée des States et tu seras mon chauffeur.

VINCENT

Moi, j'ai toujours été nul en anglais et je le suis toujours, même après toutes ces années, je n'ai pas l'espace dans mon cerveau pour une langue étrangère. Je crois.

LUCAS

Tu dois confondre avec ta bouche, chéri. Vincent me disait ce qu'il voulait faire et moi, je l'y emmenais. Les règles étaient simples et précises. Et tu m'as offert tout le voyage, m'en foutais, qu'est-ce que je pouvais demander de plus ?

VINCENT

Dans toutes les histoires de C, tu ne penses jamais économiser. T'es dans cette euphorie et tu ne t'en rends pas compte. Ce fric, je voulais le partager avec Lucas. Il prenait des risques, je voulais en profiter avec lui. Quand je lui en ai parlé, il m'a dit, ouais, ouais, cause toujours.

LUCAS

Je ne le croyais pas.

VINCENT

Et un jour, j'suis arrivé avec les billets.

LUCAS

Tu sais, qu'avec Vincent, on se connaît depuis que j'ai quatorze ans. On était dans la même école. On s'est perdu de vue des centaines de fois. Et quand j'ai commencé de sortir avec Emma, il a réapparu.

VINCENT

Ben ouais, qui ne connaît pas Emma !

LUCAS

Mais tu sais, Vincent a toujours été un grand mythomane.

ARNAUD

Apparemment tu connaissais le numéro avant moi.

LUCAS

Oui ! Il a vraiment changé. Il est enfin parti à New York, il a refait sa vie. Ça faisait plus de vingt ans qu'il disait qu'il voulait partir aux States, sans partir. Tu le connais...

ARNAUD

Je me souviens qu'il parlait toujours de partir à San Francisco.

VINCENT

Les gars, on dirait que je me suis arrêté en chemin. Et, finalement, j'y suis tout de même allé à San Francisco.

Le chat ronronne enroulé dans les pattes du chien. Dans leur fauteuil à bascule, les couvertures tirées sur eux, ils dorment ignorant totalement les invités. Il n'y a plus de musique. Le feu crépite dans la cheminée.

ARNAUD

Bon, tu nous sers, Vincent ?

L'homme est à la cuisine. Une bouteille est devant lui.

VINCENT

J'arrive.

LUCAS

Les week-ends avec Vincent, putain, on se faisait des rails sur les capots de voitures, on en prenait partout. Sur les murets, sur les portails, sur les escaliers d'entrée d'immeuble, sur n'importe quoi, balustrades, garde-corps, garde-fous, on a tout essayé.

VINCENT

C'est terrible pour découvrir une ville. Ça donne un tout autre regard.

LUCAS

C'est assez terrifiant.

LUCAS

Je tirais plus que Vincent. Lui, par contre, il descendait de ces quantités d'alcool. T'y crois même pas. Il pouvait se faire une bouteille de grappa à lui tout seul.

VINCENT

J'ai toujours eu besoin de cette balance.

ARNAUD

Tu parles d'une vie saine !

LUCAS

Tout d'un coup, il tombait. Tu ne t'en rendais même pas compte.

VINCENT

Et je me réveillais le matin, sans problème.

ARNAUD

Lucas, dis-moi, comment as-tu fait pour la préparer ?

LUCAS

Dans ma chambre, dans la maison du juge, j'avais une petite table, un saladier et une râpe. C'est énorme comme boulot. T'es obligé de porter un masque, des lunettes, ça sent fort. Je t'explique pas comment ça te défonce. On l'a coupée avec du bicarbonate, du lait en poudre pour bébé. Par contre, j'ai jamais mis de médic. J'ai fait goûter à des connaisseurs, ils la trouvaient bonne. Elle était prête ! Je l'ai cachée dans des petits paquets de céréales et j'ai planqué ça un peu partout.

ARNAUD

Et tu mettais combien de grammes là-dedans ?

LUCAS

Cinquante.

ARNAUD

Et toi, Vincent, t'étais au courant ?

VINCENT

Non, c'est pour ça qu'il fallait que Lucas soit présent pour te raconter sa version. Moi, je vendais de temps en temps à quelques potes. Pour ce qui est de Philadelphie, c'était le business de Lucas. Je lui faisais confiance. C'était le deal, c'était à lui de s'en occuper.

ARNAUD

Et de répartir ce kilo dans des paquets de céréales, ça t'est venu d'où, de films ?

LUCAS

Non, du bon sens. Ne pas se faire choper avec tout. Et voir aussi en qui je pouvais avoir confiance. Parce, tu sais, quand tu as fait le paquet, tu sais s'il a été ouvert.

ARNAUD

T'avais collé un cheveu ?

LUCAS

Non. Pas besoin. J'avais réparti ces paquets chez une dizaine de personnes. Et dans ce milieu-là, t'as vite compris à qui tu peux avoir confiance.

ARNAUD

Aucune déception ?

LUCAS

Aucune.

ARNAUD

T'étais bien entouré. Raconte-moi ton premier client ?

LUCAS

Mon premier client...

VINCENT

Raconte-lui, notre première soirée dans le bar à Phili, Lucas.

LUCAS

OK, on était dans ce bar, je connaissais le serveur, je lui avais dit que j'en avais et qu'il pouvait m'envoyer les clients à ma table.

ARNAUD

Tu le connaissais ?

LUCAS

Ouais, un peu. Un gay très cool à qui j'ai offert pas mal de lignes. Assis à la table, j'avais la thune d'un côté, la coke de l'autre. Un mec arrivait à la table, il me disait, deux, je lui en donnais deux, tac, suivant. Toute la soirée. Personne n'a rien vu, même pas la meuf avec qui j'étais. Je n'ai pas bougé de ma table, comme un vieux patriarche sur sa chaise, j'ai dealé toute la nuit. C'est après cette soirée que je me suis rendu compte qu'il y avait beaucoup de gens qui en prenaient. Beaucoup plus qu'on ne croit.

VINCENT

Et moi, pendant ce temps, je me faisais des lignes dans les chiottes avec la patronne du bar. Et il était hors de question que sa copine l'apprenne. À la fin de la soirée, je dansais sur le bar coiffé d'un chapeau de cow-boy.

LUCAS

Il y a aussi eu quelques galères. T'étais là pour mon anniversaire ? Je tombais vraiment dans l'extrême, on devait avoir sept ou huit grammes chacun, le club allait fermer, on avait passé la soirée dans les chiottes. Juste avant de sortir, je m'enfile un G en deux lignes. J'ouvre la porte des chiottes, je ne me sentais pas bien du tout, j'avais froid et il fallait trouver la sortie. Une fois dehors, j'ai eu l'impression de m'envoler. Un gramme dans les deux narines. C'était terrible. Les descentes sont plus dures, si t'en prends autant d'un coup.

ARNAUD

Vous avez mis combien de temps à écouler votre matos ?

LUCAS

Finalement je suis resté presque six mois aux States, j'ai fait pas mal d'aller-retour pour voir mon fils ! Vers la fin, tu te souviens quand je t'ai appelé, j't'avais dit que j'avais peur, j'avais vraiment les jetons, la première fois que je suis rentré passer quelques jours avec Julien, je ne savais pas si j'allais tenir le coup. On avait un train de vie de king. J'avais pris de sacrées habitudes. Tu m'avais bien rassuré, Vincent. De retour, définitivement, à Paris, c'était terminé ! Rien. Que dalle, j't'explique pas. Je suis devenu un hamster. J'ai été voir une meuf dans un centre pour toxico, pour savoir comment ça se passait. Je lui ai tout de suite dit de ne pas poser de question, qu'après en avoir eu à profusion, j'en n'avais plus, que j'avais les jetons. La meuf me refile des médocs et là, tu vois, c'était plus fort que moi, je ne supporte pas de me voir avec des médocs. Je ne sais pas si elle l'a fait exprès mais la fois suivante je me suis retrouvé en face du mec qui s'occupe de la métha, j'ai immédiatement su que je devais m'en sortir seul et je l'ai fait. Je n'aurais jamais pu toucher à ça. Même si je n'étais pas souvent avec Julien, j'avais toujours ce côté père de famille, t'es jamais seul, même si t'es pas avec ton môme, il est toujours dans ta tête, et tu vois, pendant tout mon séjour aux States, je l'appelais tous les dimanches.

ARNAUD

Dans la folie de ton quotidien, il était comme une ancre ?

LUCAS

Oui, j'aime la vie de famille. J'ai toujours tenu à mon boulot et à la famille. J'ai merdé, mais mes enfants m'ont gardé vivant.

VINCENT

T'as toujours assuré.

LUCAS

Tu te rappelles quand tu m'avais appelé parce que t'en avais plus ? J'étais monté en voiture à NYC pour te passer une trentaine de grammes, que j'avais planqués dans une table achetée pour cinquante dollars à Home Depot !

VINCENT

Et, ce con, il me l'a livrée à l'école !

LUCAS

Ben ouais, qui aurait pu s'en douter ?

ARNAUD

Tu l'as planqué dans un casier, Vincent ?

VINCENT

Dans mon rouleau de papier pour développer mes photos. J'ai toujours fait ça dans le noir.

ARNAUD

Et tu développais tes photos sur ce papier ?

VINCENT

C'est clair, tu sais combien ça coûte !

ARNAUD

Ça fait de belles taches sur le matériel photo !

VINCENT

C'est vrai qu'à une heure du matin, si je me trouvais au labo et bien, je bossais du coup jusqu'à cinq heures du mat. J'ai eu une très belle période de productivité, t'as pas idée. J'étais super-sérieux. Ça m'arrivait souvent de rester jusqu'à l'aube.

ARNAUD

Ça vous arrivait de rester à la maison et de vous péter la tête tranquillement à refaire le monde ou c'était toujours la bombe ?

VINCENT

Le samedi, en principe, on restait à la maison. Je ne me suis jamais amusé, dehors, un samedi soir, il y a trop de monde, de toute façon, et tous les hétéros se cherchent un plan pour la nuit.

ARNAUD

Et toi, Vincent, tu étais encore avec Peter ou c'était déjà terminé ? Me rappelle plus...

VINCENT

Je l'avais foutu à la porte quelques semaines avant... Tu sais, Lucas, tu m'as parlé pendant des heures et des heures et ça ne m'a jamais fait chier. Au contraire. C'est un honneur que tu m'as fait de t'être tant livré !

LUCAS

Cause toujours... T'as encore fait un dessert ?

ARNAUD

Une tarte aux poires.

LUCAS

Pour une fois, je suis plein.

ARNAUD

Je l'ai encore laissée cramer. Elle sera pour le petit déj avec le café.

VINCENT

On n'a pas eu que des moments où on faisait les cons, on a aussi connu des moments de calme et de lucidité.

ARNAUD

Et entre vous, vous n'avez pas eu de prises de tête ?

VINCENT

En fait, on a percé plein d'abcès. Ouais, y a eu des troubles, comme partout. Il n'y a pas de tragédie sans idylle et il n'y a pas d'idylle sans tragédie.

ARNAUD

Quelles tragédies ?

VINCENT

Ben, auparavant, dans notre amitié, puisqu'on se connaît depuis qu'on a quatorze ans...

LUCAS

Quoi, tragédie ?

VINCENT

Des clashs, OK.

LUCAS

Tu veux dire quoi, on n'était pas du genre hystériques à se foutre dessus comme dans un couple.

ARNAUD

Aucune crise de nerf avec toute cette coke ?

VINCENT

Depuis 2001, il n'y a pas eu de tragédies.

LUCAS

Imagine-toi, la dernière fois que j'avais revu Vincent, c'était à Paris, en 1995 je crois, il m'avait dit qu'il quittait enfin cette ville qui l'avait toujours déprimée. Après, plus personne n'a parlé de lui, parce que personne ne savait où il était. Il a toujours été sur le départ. Pendant dix ans, personne n'a su ce qu'il faisait. Il a toujours été très discret et limite autiste !

ARNAUD

Je t'ai toujours trouvé très bien entouré. T'as vraiment une bonne étoile qui veille sur toi. Je ne sais pas si t'en es conscient.

VINCENT

Qu'est-ce que tu veux que je te dise ?

LUCAS

Et le gars, il se tire vraiment aux States alors que personne ne le savait. Quand on s'est séparés avec Emma, je devais quitter Paris, j'pouvais plus rester, ça faisait trop mal. Je ne pouvais plus bosser. Tout le monde me jugeait, comment tu fais pour laisser ta femme, ton môme ! T'es qu'un lâche. Putain, ce que j'en ai entendu. Ensuite j'ai eu une période de petits boulots, j'ai bossé dans un garage, dans un magasin de motos, j'ai même bossé dans une station à essence. J'avais besoin d'être dehors, d'être entouré de mecs. Je pouvais plus voir en peinture une gonzesse. Juste les putes, le week-end, pour baiser. C'est tout. Et puis, je ne pouvais plus rester dans cette ville. Il a fallu que je me tire. Je ne pouvais plus voir mon gosse, j'avais trop honte. Ça me faisait mal. Il était si petit que j'en avais peur. Avec Emma, on ne s'adressait plus la parole, on parlait uniquement par avocat interposé. Je me suis retrouvé chauffeur et j'ai pris la route.

ARNAUD

C'est en étant que chauffeur que t'as atterri aux States ?

LUCAS

Ouais. C'est assez simple en fait. Le frère de mon boss avait aussi une compagnie de chauffeurs à Philadelphie, sa meuf venait de là-bas. Il m'aimait bien, il m'a encouragé à partir, m'a dit que ça me ferait du bien. J'en ai parlé avec Emma. Elle a compris. Elle a été cool. Une semaine après avoir atterri là-bas, je me retrouve à New York avec mon boss qui se rendait au théâtre. Je gare la voiture, il y avait un club à côté. J'entre, je sens quelqu'un qui me touche l'épaule, je me retourne et je vois Vincent. Nom de dieu. Tu m'aurais dit, dix minutes plus tôt, que j'allais le voir, je t'avoue que je n'aurais pas su qu'en penser et là, on parle et, deux minutes après, Vincent me dit, viens, on sort. Il part dans une discussion à deux cents à l'heure. Il me dit, tu veux de la coke ? On va chez lui... Sept ans que je n'en avais pas touché... Sept ans. Et je n'en avais, d'ailleurs, jamais beaucoup pris.

ARNAUD

Pas mal comme retrouvailles...

LUCAS

Je n'ai jamais été quelqu'un qui parle. Et là, cette nuit, je me sentais bien. Alors, j'ai commencé à parler et j'ai parlé toute la nuit. Le lendemain matin, je suis allé chercher mon boss à l'hôtel, il n'a fait aucun commentaire, je l'ai reconduit à Philadelphie et le week-end suivant, j'étais de retour à NYC.

VINCENT

Et on ne s'est plus quitté, chéri !

LUCAS

Je lui dis, putain, tu me fais mal... Attends mon gars, comment tu peux en avoir autant, une boîte de pellicule c'est quoi, trois, quatre mille dollars ?

Je lui dis, tu te prostitues ? Tu sais jamais avec Vincent. Il me répond, non, non, j'te raconterai.

VINCENT

Et j't'ai expliqué toute l'histoire, direct.

LUCAS

Exact, et quelques semaines, après, on a commencé à dealer à Philadelphie et c'était parti. Il me sortait de la merde financière dans laquelle je me trouvais.

VINCENT

Et toi, Arnaud, c'était au moment où tu te cassais de New York ! Ça m'a fait chier que tu te sois barré à ce moment-là, t'as pas idée.

ARNAUD

C'est la providence, mais ça m'a fait chier, c'est le moins qu'on puisse dire. À vous entendre, je me demande pourquoi j'en ai pas fait partie, je sais, j'avais décidé de rentrer à Paris. C'est tout de même ironique, non, moi qui ai toujours détesté Paris. Et puis, j'adore New York, pourtant elle ne m'a jamais réservé des années simples. Mais c'est bien mieux ainsi, parce que dans l'état de fatigue dans lequel je me trouvais, je serais tombé après trois mois. J'aurais pas résisté.

VINCENT

Ça me fait plaisir de te l'entendre dire. T'as toujours été quelqu'un qui s'ennuie très vite et tu te sens vivant quand tu te mets en danger. T'aimes le froid comme le chaud et t'as pas de préférence entre la pluie et le beau temps. Je n'aurais pas pu supporter qu'il t'arrive quelque chose si tu avais changé tes plans.

LUCAS

C'est vrai que quand j'ai vu la quantité, j'ai eu très peur. Maintenant, je n'en prends plus, ça ne me manque pas plus que ça.

VINCENT

You are a social user, mon ami ! I do social lines !

LUCAS

Exactement. C'est comme un bon vin de Bourgogne. Faut arrêter de cristalliser là-dessus. Si tu commences à culpabiliser, faut tout de suite arrêter. J'ai quand même pris pas mal de dope, les joints, j'en fume plus depuis dix ans. J'ai pris des ecstas, des trips, mais j'ai toujours eu ce sentiment que j'arrivais à gérer, jamais pensé à de l'autodestruction. J'suis un extrémiste, j'ai quinze grammes, je vais me les prendre, c'est pas pour me détruire, mais...

ARNAUD

C'est pour aller où ?

LUCAS

Voir ce qu'il y a derrière le virage.

VINCENT

La seule fois où on a pris de la coke ensemble pendant notre traversée, Lucas et moi, c'était à San Francisco, on était dans un club où y avait un spectacle de drag-queens, totalement trash, tout en noir, c'était très rock roll. Et tu ne rentrais pas comme ça.

LUCAS

Mais il y avait cette drag-queen, l'organisatrice de ces soirées, que Pierre connaissait bien.

ARNAUD

Ah, Pierre, évidemment, il était encore à San Francisco !

VINCENT

C'est par lui qu'on a réussi à entrer. Cette soirée avait lieu tous les mardis. Et à l'entrée, ce soir-là, il y avait Miss Chocolat... Elle a tout de suite branché Lucas, ils ont commencé à causer et Lucas a fini par faire l'entrée avec elle.

LUCAS

Une blonde pulpeuse !

ARNAUD

Je voyais plutôt une métisse...

LUCAS

Ce que tu peux être littéral et conventionnel, parfois.

VINCENT

Arnaud, chez moi, y a une photo de drag-queen dans la cuisine, sur la gauche du frigo, tu t'en souviens ? Eh bien, c'est elle.

LUCAS

Grande, peau blanche.

VINCENT

Bref, pendant la soirée, Lucas débarque vers moi, j'étais en train de danser, il me dit, j'ai de la coke. Je lui dis, quoi ? Déjà à Chicago, il avait eu un plan, mais je n'en avais pas envie.

ARNAUD

Je n'ai jamais su dire non. Et tu n'en as pas pris ?

VINCENT

Non, j'en ai pas pris à Chicago. Mais, là, à San Francisco, j'en avais envie. On sort, on va dans la bagnole, on était garé dans un quartier assez industriel. On se tire quelques traits. Lucas commence, moi ensuite, je me baisse, je finis le rail, je lève la tête, et là, qu'est-ce que je vois, une bagnole de flic qui roule tout doucement devant nous.

LUCAS

Ils nous ont pris pour deux pédés... Et tu venais de me sucer !

VINCENT

Ils ne se sont pas arrêtés. Le seul rail que je me fais de toute notre traversée, une bagnole de flic débarque et rien ne se passe !

Il en rigole encore. Il se frappe les mains. Pour lui, toute cette histoire a été bénie par les dieux.

ARNAUD

Et pour les plaques de la voiture...

VINCENT

Raconte-lui l'histoire des plaques.

LUCAS

La voiture, on l'avait achetée à Chicago. À New York, elles étaient trop chères... On a fait New York-Chicago en train, en passant par Philadelphie. Et puis on a atterri à Pittsburgh, pensant en trouver une.

VINCENT

Non, on a fait New York, Chicago, Philadelphie.

LUCAS

Depuis quand tu t'y connais en géographie ?

VINCENT

Attends, voilà comment ça s'est passé, on avait pointé la carte avec un doigt, et on avait dit, on va s'arrêter là, dans cette ville, pour s'acheter une bagnole. OK, t'as raison, c'était Pittsburgh que j'avais sous mon doigt...

LUCAS

Merci... Pittsburgh, c'est super-pauvre. Les vieilles voitures, les mecs, ils se les gardent, quoi. Alors on a pris le train pour Chicago.

ARNAUD

Tu voulais une voiture précise ?

LUCAS

Non, je voulais une voiture super-bon marché. Je feuilletais tous les journaux sur les voitures et je pointais la moins chère. En arrivant à Chicago, dans le journal, je tombe sur une voiture à six cents dollars. J'appelle le mec, qui me dit, ah, OK, vous êtes où ? Je lui explique. Un Black arrive, il me dit, la voiture, c'est six cents dollars, donne-moi l'argent, j'te donne les clés, la voiture, elle est là-bas. Moi, j'lui dis que l'argent est à l'hôtel et qu'on devrait conduire la voiture jusqu'à l'hôtel, si elle y arrive, l'argent est à toi. Le mec, après un moment d'hésitation, dit, OK. Tu vois, c'était un jeune yo, dans la voiture, j'essayais de lui parler, mais il ne parlait pas, il roulait.

VINCENT

Y avait pas une voiture qui nous suivait ?

LUCAS

T'as raison, je t'avais dit de regarder s'il n'y avait pas une voiture qui nous suivait. De toute façon, la thune, elle était à l'hôtel. Le mec me dit, la voiture, elle est là. Je lui dis OK, on prend la voiture et on te suit jusqu'à l'hôtel. Très bien. La voiture va bien, une poubelle, mais elle roulait. Une fois arrivé, je lui file la thune, le mec se casse. Je reviens à la voiture, j'essaie de la mettre en marche pour aller faire un tour. Elle ne partait plus. Putain, les boules. J'ai regardé Vincent, je n'ai rien dit, j'ai levé le capot, j'ai commencé à nettoyer le moteur et, finalement, la voiture est repartie. Ensuite, avant de prendre la route, il nous fallait une assurance. Je dis à Vincent, on va prendre une assurance avec un rainbow, on débarque chez une meuf, une vraie conne, elle nous dit qu'il nous faut une adresse. Je lui dis, n'importe quelle adresse ? Elle me dit ouais. Je lui dis, il faut que le courrier arrive là-bas, elle me dit, oui. Je demande à l'hôtel, le mec ne voulait pas. Je dis à Vincent, viens, on retourne dans ce club, le mec était cool, un club gay en sous-sol, avec que des films porno projetés sur les murs. Une piste de danse de l'autre côté. C'était assez tôt. Je rentre. Sur la piste de danse, il y avait une meuf et un mec. La meuf, elle me regarde, je la regarde. Je sors, je reviens, je ressors. Je me retourne, ils viennent vers moi, on commence à parler. On boit une bière. Ah, t'es d'ici, ils me disent, non, non, pas vraiment, je réponds. Tu viens d'où, tac, on discute, ils me font, viens avec nous. J'dis ok. Je savais pas où j'allais, ni avec qui j'étais, tu vois le genre, je vais vers Vincent, je lui dis, je reviens. Je rentre dans leur bagnole, on arrive dans une maison. En fait, lui, il était homo, elle était straight, c'était un canon, elle dansait à Las Vegas. Son copain sort de la coke. Et on a tiré toute la nuit. Et voilà, quoi, ce qui devait arriver arriva, on s'est retrouvé à baiser, putain, j'ai jamais vécu un truc pareil. Je la baisais sur le canapé, ses jambes autour de mon cou, pendant que le mec me léchait les couilles. De la bombe. J'ai toujours trouvé plus excitant de voir deux mecs baiser que des hétéros, pour ce qui est de deux meufs, c'est sûr c'est bandant. Mais bon, j'étais davantage avec des pédés qu'avec des lesbiennes. C'est toi, Arnaud, qui aime les lesbiennes ?

ARNAUD

Ouais, j'en connais pas mal et il se trouve que j'ai souvent habité avec elles. Je trouve qu'elles ont un sacré sens de l'humour. Elles ont de la repartie. Et je peux même te dire que je trouve bandant une fille super-belle qui a un caractère de mec. Qui n'a peur de rien. J'ai beaucoup de problèmes avec les gonzesses qui se prennent pour des princesses. L'hystérie me rend dingue. Mais je dois dire que je n'en connais que de très belles, intelligentes, pas du tout genre camionneuses avec un gros cul. Au moins, y a pas de lézards. Elles ne vont pas essayer de te baiser. Le seul bémol, c'est quand elles sont en couple, c'est vraiment pas comme deux mecs. Elles vivent en autarcie, deux oiseaux qui font un nid, elles ne sortent plus, elles sont collées l'une à l'autre et, du coup, c'est assez impénétrable comme relation !

LUCAS

C'est le moins qu'on puisse dire. Moi, j'peux dire qu'une bouche est une bouche. Je ne vois pas de problème à me faire sucer par un mec, et, à votre décharge, vous connaissez bien l'engin. Il ne faudrait pas qu'il soit trop barbu, ou alors que sa barbe soit aussi douce que celle de Vincent !

ARNAUD

Ah ouais, tu m'en diras autant !

L'homme se verse un verre, le boit cul sec et reprend son souffle. Un homme rougit, mais ne dit rien. Il continue.

LUCAS

Je dis au gars, écoute, j'ai un problème, il me faut une adresse, c'est juste pour avoir une voiture, parce qu'on veut se tirer à San Francisco. Le lendemain, je retourne à l'agence, voilà, c'est l'adresse de mon pote, il accepte de recevoir mon courrier. Putain ce que j'étais défoncé, mon gars, j'avais pas dormi de la nuit et ça a passé.

ARNAUD

Excellent ! Pas si conne la meuf, parce qu'elle aurait pu te demander des justificatifs de facture de gaz, de téléphone et j'en passe.

LUCAS

La fille nous avait aussi refilé une adresse d'un mec qu'elle connaissait à Vegas, quand elle était danseuse là-bas.

VINCENT

C'est avec ce mec-là que je me suis fait le Las Vegas underground. Un pédé, qui travaillait dans un des bars du Venetian Hotel. Et quand tu arrives dans ce genre d'établissement avec une American Express Gold, tu vois la différence, on a été reçu comme des princes, [*en détachant chaque syllabe*] comme des princes ! Ils étaient persuadés qu'on allait jouer comme des cons. Ils nous ont refilé une suite pour le prix d'une chambre ordinaire.

LUCAS

Le mec, il nous voit débarquer avec nos sacs à dos, nos jeans pas frais, après le trajet en bagnole...

VINCENT

Ce mec était trop bizarre et au moment où je sors ma carte, il nous refile une suite. Direct.

ARNAUD

Vous voulez un verre d'eau ?

LUCAS

Volontiers.

VINCENT

J'ai fait la tournée des bars avec le copain de cette fille de Chicago. D'ailleurs, c'était avec ce pédé où j'ai pris de la coke pour la première fois pendant notre traversée. Et je me souviens avoir fini dans son jacuzzi, à deux heures du mat !

ARNAUD

Ça ressemble à quoi le Las Vegas underground ?

VINCENT

C'est bien.

ARNAUD

Glauque ?

VINCENT

Non, pas glauque du tout. Il y a des trucs assez mortels, plein de petits bars dans des hangars, c'est très gay, en fait.

ARNAUD

Ah ouais ?

VINCENT

Des tables de billard partout, c'est mortel, quoi ! Il m'a emmené dans un club techno, assez chouette. Il n'y avait pas de touristes. C'était pour les gens qui habitaient et travaillaient à Vegas.

ARNAUD

Et vous logiez au Venitian Hotel ?

VINCENT

Ouais.

LUCAS

Et on se payait le luxe de bouffer italien, parce que la bouffe, elle est vachement bonne. C'est cher, mais c'est très bon. Après les bleds de la campagne, où t'as l'impression qu'ils ne savent pas ce qu'est la simplicité, t'es content de manger européen à nouveau. J'te promets.

VINCENT

On voulait se rendre à la piscine du Noga Hilton, qui se trouve sur les toits. La vue est magnifique. Tu vois, se dorer un peu la pilule, pour l'après-midi. On débarque à cinq heures, c'était déjà fin août, putain, la chaleur... Pour ce qui est de la température de l'eau, on a trempé nos pieds, soixante degrés, t'imagines pas. Au-delà des bains thermaux.

LUCAS

Et toutes ces nanas qui n'arrêtaient pas de nous mater.

VINCENT

On était souvent dans les garages où il faisait plus frais. On voyait un de ces trafics... Les putes super-classe qui arrivaient en voiture... Les parkings d'hôtels à Las Vegas, c'est terrible.

LUCAS

Moi, j'adore ce pays, c'est vrai. Je m'y suis toujours senti libre. Y a de la place, de l'espace. C'est ça, je crois, ce sentiment de pouvoir traverser un pays aussi grand qu'un continent en voiture. T'as pas de douane, tu commences à New York, cinq jours après, si tu veux, t'es à Los Angeles... ou comme dans *Paris-Texas*, tu peux tout faire à pied. C'est toute cette possibilité d'espace que tu sens sous tes pieds.

ARNAUD

Lucas, t'avais déjà traversé les States ?

LUCAS

Non, suis toujours resté à NYC.

ARNAUD

Et votre voyage, c'était bien en 2001 ?

LUCAS

Exactement quand les tours se sont effondrées.

VINCENT

Quelques semaines avant l'attaque, on se trouvait au sommet des tours.

LUCAS

Et on était à San Francisco quand ça a pété. Je me souviens t'avoir dit, profitons, vas-y, fais péter la baraque, ça ne va pas durer.

VINCENT

C'est Pierre hystérique qui m'a réveillé dans la chambre, c'était neuf heures, il me fait, c'est la guerre ! Moi je lui dis, quoi, mais qu'est-ce que tu racontes ? Les tours viennent de s'effondrer, allume la télé. J'allume la télé...

LUCAS

Hé Arnaud, je pourrais venir ici, sais pas moi, un week-end, pour décompresser de la semaine ?

ARNAUD

Faut que tu demandes à mon ex. Cette maison n'est plus à moi, tu sais. Je me tire dans quelques semaines à New York, mais je suis sûr que c'est possible. Appelle-le, tu le connais. Écoute, je lui en toucherai un mot. Je lui laisse tout, les meubles, les lampes, la bibliothèque, la télévision, la vaisselle, les draps, le linge pour autant qu'il s'en occupe et que, quand je reviens en visite, je puisse y loger... C'est notre deal.

LUCAS

Ce serait tellement cool de venir avec mes gosses.

ARNAUD

Appelle-le.

LUCAS

T'es en bons termes avec lui ?

ARNAUD

Excellent. Depuis qu'on s'est séparés, c'est la seule chose qu'on ait réussi à faire correctement. D'habitude, j'ai plutôt droit à « je ne veux plus te voir ». Avec lui, ça se passe très bien. J'espère que ça continuera et que je pourrais reprendre un jour mes affaires. On ne sait jamais. Il n'est pas tout le temps ici, il a un copain qui habite en dehors de Paris.

VINCENT

Beau, hein ?

ARNAUD

Un peu jeune, mais très cool.

LUCAS

Après son retour de New York, il est retourné bosser dans cette boutique ?

ARNAUD

Toujours au même endroit, toujours le même boulot, mais il est en train de passer son permis de conduire et veut reprendre des études, tu imagines ? Je le regarde un peu comme mon frangin, après toutes les engueulades qu'on a pu avoir, à propos de responsabilités, de fric, de dépenser ce qu'on n'a pas, putain, ce que j'ai pu donner comme énergie à ce qu'il comprenne comment s'en sortir... Apparemment ça aurait porté ses fruits, suis super-content pour lui.

VINCENT

Eh bien moi, je ne l'ai toujours pas ce permis de conduire et je ne l'aurai certainement jamais. Qu'est-ce qu'il veut faire comme études ?

ARNAUD

Petite vodka ? Il veut se spécialiser dans les plantes médicinales. Ce qui lui va comme un gant, il connaît tellement bien la nature, c'est incroyable de se promener avec lui dans une forêt ou à la montagne. Et puis, il a enfin compris que pour pouvoir vivre de son art, c'était devenu un business comme un autre.

LUCAS

Ouais, passons à la vodka.

VINCENT

Ce rouge me gave.

LUCAS

Arnaud, faut quand même que je te dise, nous, on s'est rencontré parce que tu connaissais Emma, je ne comprenais pas que...

VINCENT

Moi, la vodka, j'aime la boire en shoot, la siroter, c'est pour les gonzesses.

LUCAS

Ce que je ne pigeais pas avec Emma, c'est que j'ai dit des trucs qui n'étaient même pas le dixième de ce que tu pouvais balancer et je me faisais remettre en place, alors que toi, tu pouvais dire tout ce que tu voulais et ça passait. J'ai jamais compris ça, tu vois et ça m'a fait chier. J'te l'avoue.

ARNAUD

C'est vrai qu'on n'avait pas vraiment accroché à ce moment-là. J'étais pas à l'aise non plus. C'est drôle quand j'y pense.

LUCAS

Super-amusant !

ARNAUD

Tu ne crois pas que c'est toute la différence entre le mari et un ami ? De surcroît, Lucas, un gay avec une fille, il n'y a rien de plus simple, on sait comment les prendre.

LUCAS

Le côté artiste...

ARNAUD

Laisse-moi rire ! Tu te fais du mal pour rien. J'comprends pourquoi j'ai pas beaucoup de copains hétéros. C'est facile pour moi de me foutre des règles de bienséance. Et j'en ai profité. Mais regarde-moi, je suis seul quand je rentre à la maison.

LUCAS

T'as raison.

ARNAUD

Les filles, tu les respectes, tu les mets en confiance et elles se sentent bien.

LUCAS

Tu t'arranges toujours pour prendre ce qu'il y a de mieux ! Sais pas comment tu fais !

ARNAUD

Tu donnes. Toujours, tu donnes, tu écoutes. Tu es attentif. Tu séduis pour la beauté du geste, pas pour la mettre au lit. Un pédé ne regardera jamais une fille comme un morceau de viande.

LUCAS

Tu vois, à l'époque, j'étais tellement introverti, toi, en plein milieu du repas, tu parlais d'éjaculation, de cul et ça passait. Quand je disais, genre : « J'aime bien les films de Russ Meyer », je me prenais un coup.

ARNAUD

Avec Emma ?

LUCAS

Ouais, c'est clair. Non, mais tu suis la discussion ou merde ?

ARNAUD

Excuse-moi, c'est qui Russ Meyer ? Connais pas.

VINCENT

Tu ne connais pas, Arnaud ? Tu m'étonnes...

LUCAS

Il a fait les premiers films érotiques. C'est souvent des histoires drôles, c'est assez délirant et t'es sûr que les meufs, elles ont des vrais nichons.

VINCENT

La photographie est fantastique !

LUCAS

C'est de l'art. Le mec est mort, il n'y a pas très longtemps. Les films sont souvent en noir et blanc, tu vois, tu peux te branler en les regardant, c'est très caricatural, les meufs, elles sont pulpeuses, c'est très érotique.

VINCENT

Ça se passe très souvent dans la nature et techniquement, je trouve que c'est parfait.

LUCAS

Quand j'ai dit ça, ça n'est pas passé.

ARNAUD

Tu ne peux pas nous comparer. C'est complètement différent. Tu étais le mari, j'étais l'ami pédé.

LUCAS

Je n'arrivais pas à me situer. Tous ses copains gays, toi, Jérôme, Pierre, Vincent, vous êtes tous des créatifs, à dire des trucs, à faire ci ou à faire ça, vous avez un avis sur tout. Moi, j'avais l'impression que je n'avais pas de place. Elle m'a complètement compressé. Quand j'ai retrouvé Vincent, la coke m'a permis de tout revisiter, en accéléré. Ça faisait moins mal.

ARNAUD

Putain, j'aime pas quand tu dis ça.

LUCAS

Pourquoi, non, je peux dire que je sais qui je suis maintenant.

ARNAUD

Est-ce que tu penses que pendant toutes ces années, tu étais rentré dans un moule qu'elle t'avait imposé ?

LUCAS

Exactement.

ARNAUD

Mais tu voulais aussi un enfant, non ?

LUCAS

Sûr, oui, oui. J'ai toujours voulu avoir une famille et plusieurs mômes.

ARNAUD

Et vous avez réussi quelque chose de magnifique, Julien. OK, vous vous êtes séparés, ça arrive, ça a pris vachement de temps pour que vous soyez cool à nouveau, mais bon, y a pas de solutions toutes prêtes.

LUCAS

Ouais.

ARNAUD

Toi, tu es dans une nouvelle histoire. Tu viens d'avoir un bébé. Le jour où Emma refera sa vie, ça ira beaucoup mieux entre vous, tu ne crois pas ?

LUCAS

Elle le refuse... Quand je me suis tiré, je m'attendais à ce qu'elle comprenne, on en parlait, je me suis dit, c'est bon, elle va capter. En fait, ce qui m'a fait vraiment chier, c'est qu'elle aime être la victime. Parce que, ce qui est sûr, le salaud, dans l'histoire, c'est moi.

ARNAUD

Tu sais, il y a certains couples divorcés qui ne survivent que par la hargne qu'ils ont l'un pour l'autre et, le jour où ils se réconcilient, c'est comme s'ils n'avaient plus de raison de vivre. C'est facile de tout mettre sur le dos de l'autre. Et pour d'autres, les blessures sont si profondes que...

LUCAS

Ouais, c'est pour ça que je voulais te dire, que, en fait, sans la coke, aujourd'hui, je ne sais pas où j'en serais. J'en serais pas là, je ne parlerais toujours pas.

VINCENT

Lucas m'a raconté ce qu'il vivait, quand il est parti du jour au lendemain. La situation de merde dans laquelle il était, même avec ses propres amis. T'as bien fait de te tirer quelques mois loin de Paris. Tu te serais flingué. Quand on s'est rencontré à New York, j'te jure, je l'ai vu se transformer, on a chacun percé l'abcès et on s'est tout dit.

LUCAS

Tu m'as parlé de ton ex.

ARNAUD

Vous vous êtes tout dit, j'peux savoir quoi ?

VINCENT

Tout.

ARNAUD

Par rapport à la frustration conjugale, tous les deux, vous étiez pratiquement dans la même situation, la séparation et la prise de conscience que rien ne serait plus pareil, tous ces changements... Et vous vous retrouvez à New York, après toutes ces années à partager ces nombreuses questions, j'peux bien imaginer le soulagement.

VINCENT

Arnaud, je ne t'apprends rien, mais, d'un côté, tu as la réflexion pensée, sans mots, c'est-à-dire ce que tu as dans ta tête et puis, il y a l'autre, la verbale. Tu commences à parler en écoutant ce que tu dis. Tes problèmes, tu dois les sortir par la bouche, tu dois mettre des mots dessus. Les identifier. C'est ce qu'on a fait et des fleuves de paroles sont sortis de nous.

LUCAS

On n'aurait pas pu faire ce qu'on a fait s'il n'y avait pas eu cette entente parfaite. Je l'ai écouté, il m'a écouté. On n'avait pas à se justifier. On avait juste à dire ce qu'on avait besoin de dire. C'est tout. Vincent, à New York, il était quelqu'un d'extérieur, qui n'avait pas vécu mon divorce de près. Je ne me suis jamais senti jugé.

VINCENT

Il m'a parlé de ses fantasmes sexuels (qui sont fantastiques). Moi, je lui parlais de la liberté que j'avais dans ma vie sexuelle. Il n'avait jamais vécu ça avant. Et du coup, il se retrouvait avec un vieux pote à qui tu oses tout dire. Notre relation arrivait à ce genre d'intensité de partage.

ARNAUD

Vous pouvez m'en parler ?

LUCAS

J'suis pas là-dedans, ce soir.

ARNAUD

Dommage.

LUCAS

Sais pas, faudrait être dans un bar, mais ici c'est trop calme.

VINCENT

Ce sont des mots qui sortiront, par la suite, parce qu'il y a eu des événements, pendant le voyage, au niveau fantasme qui nous ont, Lucas et moi, surpris par la spontanéité qu'on a eue à les vivre. Et l'ouverture d'esprit, aussi, qu'il nous a fallu avoir.

ARNAUD

Bon, les gars... New York, quelques jours au Chelsea Hotel, qu'est-ce qu'il se passe ?

LUCAS

Il faisait super-chaud.

ARNAUD

Vincent, toi, tu as rencontré quelqu'un.

VINCENT

Le premier soir, ouais.

LUCAS

Au Chelsea ?

VINCENT

En fait, Lucas, il ne connaît pas l'histoire.

LUCAS

Quoi ?

VINCENT

Tu n'as jamais su l'histoire. J'ai rencontré un mec quand on est arrivé à l'hôtel. Tu te souviens, on était dans la chambre et j'avais dû redescendre pour compléter les papiers, à la réception, régler un truc.

LUCAS

Oui et...

VINCENT

De crédit ou je ne sais plus quoi.

LUCAS

Ouais, ouais, continue...

VINCENT

J'ai rencontré un mec avec son chapeau de cow-boy dans l'ascenseur et...

LUCAS

Quoi, tu m'as trompé ?

VINCENT

Je t'ai trompé, le premier jour, la première heure de notre voyage.

LUCAS

Ah, ouais... Et c'est maintenant que tu me le dis !

ARNAUD

Je ne savais pas que tu savais pas, Lucas. Vincent, tu m'avais dit que vous n'aviez aucun secret !

LUCAS

Je savais que Vincent me trompait, on reviendra là-dessus, plus tard, OK ?

VINCENT

On s'est fait un New York que je ne connaissais pas.

LUCAS

Tu vois, ça faisait bien dix ans que je n'y étais pas retourné. On a fait quelques bars du West Side. Tu t'amuses tellement mieux dans les clubs gays. On a toujours eu du bol. On nous prenait souvent pour un couple.

ARNAUD

Je comprends mieux, sortir accroché à ton bras, Lucas, ça devait en jeter chez les pédés. Enfin, je ne vais pas vous demander si vous vous êtes roulé des pelles pour paraître encore plus crédibles.

VINCENT

T'es con. Ça a permis à Lucas, en fréquentant ces endroits, de vivre quelques-uns de ses fantasmes...

LUCAS

Sûr.

ARNAUD

C'est vraiment pour un autre soir ? Vous ne voulez rien me dire ?

LUCAS

Moi, ce que j'aime, ce sont les femmes hyperféminines, limite putes et, dans le milieu gay, certaines drag-queens sont plus femmes que les femmes.

ARNAUD

Tu veux dire que la caricature d'une femme est plus femme pour toi ?

LUCAS

Ouais, la femme, en talon aiguille, soumise, en minijupe, ultra maquillée, genre limite le sapin de Noël, moi c'est comme ça que je la vois !

VINCENT

Dolly Parton.

ARNAUD

Vous l'avez rencontrée ?

LUCAS

Non, ça aurait été un rêve.

ARNAUD

Vous n'êtes pas allé à Dollyland ou Dollywood ? De toute façon, mauvais exemple, je crois qu'elle est lesbienne.

LUCAS

En plus, une femme mûre, je ne t'en parle même pas !

ARNAUD

D'accord. Revenons à New York. Lucas, tu avais une copine ?

LUCAS

Tu veux dire quand j'ai rencontré Vincent ? Non. J'allais aux putes. Sinon, je me suis beaucoup baladé. J'avais envie de revoir des endroits que je fréquentais quand j'y habitais.

ARNAUD

Vous étiez vachement indépendants ?

LUCAS

La nuit, je me levais et j'allais marcher, j'avais besoin de me retrouver. Pour moi, c'est ma ville. Je vois un film, je vois New York. Je l'ai en moi.

ARNAUD

T'as vécu là-bas ?

LUCAS

Une année et je m'étais super-bien débrouillé. C'est la ville cent pour cent démerde. Il y a toujours une combine. Et c'était une super-idée de commencer notre traversée en allant quelques jours à l'hôtel. On était en vacances sans être parti. Je venais de passer le mois de juillet à Paris avec mon fils, Vincent m'avait offert le billet. J'avais la tête reposée, j'allais pouvoir profiter de notre traversée.

VINCENT

On s'est promené, on n'avait rien à foutre de la culture, des musées, des galeries.

ARNAUD

Ça me semble assez hors contexte.

LUCAS

Pas un magasin. On regardait tout et rien. On regardait la ville, on regardait les gens. C'est dingue comme je respire dans cette ville alors qu'elle peut tellement vite t'absorber et te couler. Faut être fort pour résister et savoir où t'en es.

VINCENT

Le plus beau pour moi, c'était qu'on n'avait aucun plan. On partait à l'aventure. On voulait traverser les States et se retrouver à San Francisco. Par quelle route, on n'en avait aucune idée et on s'en foutait.

ARNAUD

Alors, Pittsburgh, Chicago, là, vous trouvez la voiture, Lucas, tu trouves l'adresse pour l'assurance de la bagnole, ensuite...

LUCAS

On est resté quelques jours à Chicago.

VINCENT

Lucas, raconte-lui la première nuit en arrivant à Chicago.

LUCAS

On est arrivé le samedi soir dans l'hôtel, Vincent m'avait dit de réserver, mais je lui avais dit, non, pas besoin. Vincent me dit, c'est samedi et je lui réponds si c'est plein, y aura d'autres hôtels. On arrive à l'hôtel, dans le quartier gay, le mec de la réception me dit qu'il n'a pas de chambre. On commence à se disputer. Le mec pensait qu'on était un couple. Il nous dit, bon, ben, changez-vous, laissez vos sacs...

VINCENT

Il avait une chambre de libre pour le lendemain.

LUCAS

On n'avait plus qu'à se rendre dans le club que le mec nous avait recommandé. On a bu, on a fait passer le temps. Oh, tu te rappelles, ce mec qui voulait que je le viole, il ne me lâchait pas, je ne savais pas comment m'en défaire. Vincent était en train de discuter avec un mec au bar. De l'autre côté, une drag-queen hurle de joie en me voyant. Je vais vers Vincent, je lui dis que je me tire et qu'on se verra le lendemain matin. Je cours vers la meuf, je lui dis que je ne suis pas d'ici, que j'ai pas de chambre d'hôtel et que j'aimerais dormir chez elle, même sur le canapé. Pas de problème, elle me dit, par contre le canapé est déjà pris. Ma première nuit à Chicago, je l'ai passée chez une drag-queen. T'as pas idée de l'appart, y avait partout des tentures, tout était dans les rouges.

VINCENT

Moi, le seul mec qui m'intéressait dans ce club, il parlait français.

LUCAS

Elle m'a branlé et je me suis endormi comme un gosse dans ses bras.

ARNAUD

Un Américain qui parle français ?

VINCENT

Super-bien, tu te souviens de lui ?

LUCAS

Pas vraiment.

VINCENT

Je suis parti avec lui. Pour notre première nuit, à Chicago, on avait trouvé chacun un lit !

LUCAS

J'ai toujours dit que le milieu straight portait bien son nom et qu'il devrait prendre quelques leçons des gays. Il commence à le devenir, y a de l'espoir. Mais vous avez tout compris, c'est tellement plus direct chez vous.

ARNAUD

Accueillant ?

LUCAS

T'as envie de baiser, ben voilà, le message. Tout le monde cherche ça, mais, chez les hétéros, on s'en cache.

VINCENT

La notion de temps est différente.

LUCAS

C'est vrai, vous n'avez pas de temps à perdre. Baiser un coup, sans lendemain. Le milieu hétéro, c'est quoi, se taper une pute, faire tout un cinéma. Même le côté ghetto de votre milieu, j'aime assez, c'est un peu con, mais, au moins, c'est clair.

ARNAUD

Les nanas, c'est tout de même différent.

LUCAS

Suis pas si sûr que ça. J'ai rencontré des nanas qui sont aussi directes que les mecs et faut pas leur parler de rendez-vous pour la semaine suivante. C'est maintenant ou tu te tires.

ARNAUD

Et te faire draguer par des mecs ?

LUCAS

Je sais où j'en suis.

ARNAUD

Parfois, ça peut être un peu lourd, non ?

LUCAS

Ouais, mais bon, tu vois, j'suis pas très léger, faudrait m'assommer pour que le mec m'emmerde vraiment. Les mecs hallucinaient sur mes tatous et tu leur dis calmement que t'es pas intéressé, quoi.

ARNAUD

Et ça se passait bien ?

LUCAS

Les mecs, ils venaient, on discutait, que tu sois gay ou pas, tu discutes, non ? Et quand le mec te fout la main au cul, tu lui dis, attends mon gars, suis pas comme ça, le mec que tu vois là-bas, c'est mon meilleur pote et je suis avec lui.

VINCENT

Je ne t'ai jamais vu t'énerver.

LUCAS

Je n'avais aucune raison, j'étais avec toi. Et pour tout te dire, me faire sucer par une drag-queen, j'ai pas de problème. Mais c'est quand je veux et par qui je veux.

VINCENT

Pour qu'il n'y ait pas de couilles, on disait assez rapidement qu'on était les meilleurs potes du monde, t'aurais dû voir leur tronche, ils étaient encore plus surpris.

ARNAUD

Deux Européens, un hétéro et un gay. Évidemment on peut pas trouver plus exotique. Vous étiez à l'encontre de ce qu'ils pouvaient imaginer. Et toi, Vincent, avec ton accent à couper au couteau.

VINCENT

Ils foutaient tout de suite la paix à Lucas.

LUCAS

Tu te souviens, de cette boîte, à Denver ?

VINCENT

Ah, putain !

LUCAS

On arrive dans ce club qui ressemblait davantage à une maison coloniale.

VINCENT

Attends, avant d'arriver à cette soirée, on prend notre guide.

LUCAS

On était allé à Denver pour *Dynasty*.

ARNAUD

Vous plaisantez ?

VINCENT

Non ! La mère de Lucas était fan de *Dynasty*. Il voulait absolument aller voir cette baraque.

LUCAS

La baraque avec tous ses toits différents, tu vois ?

ARNAUD

Pour ce genre de connerie, tu peux compter sur ma mémoire. Et vous l'avez trouvée ?

LUCAS

Ben, non.

VINCENT

On ouvre le guide, guest house, on pique un nom, on appelle, OK, ça marche, on y va, avec Lucas, c'était tellement drôle, à chaque fois qu'on arrivait dans une ville, c'était la prise de tête totale, c'était là nos plus grandes prises de têtes.

ARNAUD

Pour des histoires de directions ? Faites-moi rire.

VINCENT

Écoute, des fois, c'était incompréhensible et on se paumait.

ARNAUD

Ne me dites pas que vous vous engueuliez comme des gonzesses ?

VINCENT

J'dirais qu'on était excités. S'engueuler, j'sais pas... On passait de... Comment ce sera, qu'est-ce qu'on trouvera, et l'hôtel, et les meufs, et les mecs... Quand tu ne sais pas où t'arrives, tu sais pas à quoi t'attendre !

Lucas

On se paumait et on se retrouvait dans un quartier résidentiel, pas du tout où on voulait aller, il fallait faire demi-tour, mais c'était impossible, y avait trop de trafic ou que des sens interdits, bref, tu vois... Une erreur et c'est foutu, t'es obligé de suivre le courant.

Vincent

Un jour, on choisit une adresse, on se retrouve devant la baraque, mais ce n'était pas un hôtel. On était dans un quartier black, les mecs nous mataient et tout... l'édition du guide qu'on avait devait dater de deux ans, pas davantage...

Lucas

C'était à Kansas City.

Arnaud

Qu'est-ce que vous avez été faire à Kansas City ?

Lucas

Sais plus, c'était dans la direction pour aller à Denver, après Chicago. Ouais, putain, mais attends, là, c'était pas possible, j'ai bien cru qu'on allait se faire lyncher.

Vincent

Ce qu'on a eu la trouille.

Lucas

Il fallait partir, quoi !

VINCENT

On a sonné, personne ne répondait, il y avait un black qui nous checkait, qui cherchait à causer, nous on n'avait rien à dire, on sonne encore et encore. Il n'y avait personne. C'était trop bizarre. On s'est tout de suite barré de cette ville.

LUCAS

Et on s'est tiré à Denver.

ARNAUD

Vous avez aimé ?

LUCAS

Denver, c'est une jolie ville, ça doit ressembler à la Suisse, tu vois, c'est vert, tout d'un coup, dans une petite rue, t'as une maison coloniale, magnifique... C'est super-bien entretenu. Et l'adresse qu'on avait trouvée, c'était aussi une maison coloniale, toute blanche. Ça respirait le pédé. Et les mecs, deux gays à la Higgins, dans *Magnum*, le mec avec les shorts. Les mecs étaient vraiment classe, nous, on arrive dans cette putain de bagnole, démolie, rouillée...

VINCENT

Rouillée par le sel, tu vois, à Denver, c'est le Colorado, voir une bagnole comme ça détruite, ça devait être assez rare. Ils conduisent tous des grosses SUV (Sport Utility Vehicule) surélevées.

LUCAS

Donc on arrive dans notre Ford, complètement pourrie, avec toutes ces fuites d'huile... On leur dit qu'on est de Paris, qu'on voyage. Avec ça ? Ils nous demandent. Ouais, ouais, et puis ben, même chambre pour les deux. On leur demande quels sont les bars cool, ils nous donnent quelques adresses. Et là, y a un mec qui descend les escaliers, imagine un grand escalier en bois, on voit d'abord ses rangers, ensuite son pantalon camouflage et un t-shirt marqué *Sex instructor first lesson free.* C'était un New-yorkais, putain, mais tellement kitch, on n'y croyait pas !

VINCENT

Nous, avec nos tasses de café dans les mains.

LUCAS

C'est vrai, on était en train de faire le tea time avec ces deux mecs hypercool... Le mec, il a pas capté... On est sorti dans deux, trois bars, voilà quoi...

ARNAUD

Avec le mec ?

LUCAS

Non, mais tu plaisantes.

VINCENT

On est tombé sur Spiderman, mon gars.

LUCAS

C'était Batman.

VINCENT

T'as raison. Hallucinant le mec, raconte-lui... Putain, cette histoire, j'avais complètement oublié. Et c'était genre en début de soirée.

LUCAS

Batman regarde mes tatous et il me dit, super, il me montre un truc, et tout d'un coup, il met une cape, une cape en cuir. Il était black, on aurait dit une vraie chauve-souris. Putain ce qu'on était mort de rire, j'te jure, avec Vincent, on ne pouvait plus se tenir. On voulait pas le vexer, le gars, mais...

VINCENT

C'était son look fétiche, te raconte pas le mec !

LUCAS

Non, mais j'te jure, dans un bar, à cinq heures de l'après-midi, un dragon... Avec ces bretelles en cuir qui lui tenaient la cape, ah de Dieu !

VINCENT

Et après on s'est trouvé dans un bar, avec ces deux filles qu'on venait de rencontrer dans un resto...

LUCAS

C'est vrai, on était dans un restaurant où la meuf avait grandi en Suisse. Elle avait un immense poster du Cervin derrière le bar.

VINCENT

On entre dans le bistrot par hasard. Un bistrot italien, on a mangé et, à la table d'à côté...

ARNAUD

Vous êtes toujours à Denver ?

LUCAS

Ouais, c'est dans le Colorado qu'on s'est le plus amusé.

VINCENT

Dans ce resto, on a fait la connaissance de deux filles.

LUCAS

Une des nanas, c'était le portrait tout craché de Marilyn Monroe. Elle parlait de la même manière, super-sexy, comme si elle ne pouvait que murmurer, elle avait un petit côté, j'sais pas comment dire. Elle était super-cool, tellement simple.

VINCENT

Kim.

LUCAS

T'as raison. Du coup, on a commencé à parler et tout. Et comme on ne connaissait rien, elles nous ont emmenés dans des endroits... Et c'est là qu'on s'est retrouvé dans une after, genre le club ouvre à cinq heures du mat. Même à New York, y a plus ce genre de soirées...

VINCENT

Kim, c'était la femme fatale.

LUCAS

Elle hurlait de plaisir. Sa taille était si fine, ses jambes, putain, elle avait une façon de me serrer les hanches.

VINCENT

Ce côté welcome et friendly de New York, ça, c'est sûr que tu ne l'as pas dans le Colorado, les gens sont vachement froids au premier contact.

LUCAS

Non, on a été bien, même super-bien accueilli.

VINCENT

Évidemment, Lucas, je t'ai à peine vu !

LUCAS

Un soir, on s'est retrouvé dans un entrepôt, c'était incroyable ! Super-musique, super-ambiance, les gens étaient trop cool. Non, ça bouge bien à Denver.

ARNAUD

Et toi, Lucas, t'as fini avec elle ? Avec Kim et sa copine ?

LUCAS

Par contre sa copine, elle était pas terrible.

ARNAUD

Aussi transsexuelle ?

LUCAS

Non ! Ça c'était des vraies nanas !

ARNAUD

Pardon !

LUCAS

T'es con. C'était des vraies nanas qui vivaient avec un gay et elles essayaient de caser Vincent avec et j'ai fini avec Kim qui était super-belle.

VINCENT

Et leur pote, super-moche, n'arrêtait pas de me coller.

ARNAUD

Donc vous faisiez comment, un soir gay, un soir hétéro ?

LUCAS

T'es con !

VINCENT

T'as passé vachement de temps avec Kim.

LUCAS

Serait-ce un reproche ? J'allais pas m'en priver ! Cette meuf, elle en redemandait. J'te dis pas. Qu'est-ce que tu veux dire ?

VINCENT

Rien.

LUCAS

D'ailleurs, l'after où elle nous a emmenés, c'était une boîte gay.

VINCENT

Oui. T'énerve pas.

LUCAS

Et toi, Vincent, avec le fric que tu avais, tu te comportais comment ? Quand tu arrivais dans ce genre d'endroits, tu claquais un max !

VINCENT

Non, alors pas du tout. Putain, tu me connais, j'ai jamais eu ce côté frime. On dépensait ce qu'il fallait et d'ailleurs si j'avais voulu en jeter, j'aurais pu le faire, non ?

Il réfléchit en silence. Il regarde le chien et le chat. Un homme regarde dans la direction opposée, comme s'il n'avait rien entendu.

VINCENT

C'est là qu'on s'est fait le club avec les cow-boys. Et la base militaire, c'était dans la région, on l'a visitée avant ou après Denver ?

LUCAS

Après Denver.

ARNAUD

Raconte, Vincent ! J't'écoute, c'était où ?

VINCENT

Lucas, tu te souviens du Charlie's ? Tout le monde allait en chapeau Stetson, sauf nous deux, évidemment, on est entré à l'intérieur, je ne te raconte même pas.

LUCAS

On est resté la gueule ouverte, mais attends, t'aurais dû voir ça, Arnaud, ça t'aurait plu.

ARNAUD

C'était quoi, une fête gay ? Ils dansaient le square danse ?

VINCENT

Attends... On demande aux deux Higgins de la guest-house où on pouvait sortir, tu vois, un truc local, pas trop loin de la maison. Un des mecs nous dit, allez au Charlie's. On prend un taxi, on arrive là-bas, on entend une musique bizarre, on se dit, bon, ben voilà, on s'est planté. Mais, sais pas comment t'expliquer, un peu plus loin on entre dans une énorme salle, en forme de patinoire, tu vois, rectangulaire, avec les coins arrondis...

LUCAS

Ouais, tu devais rentrer par un endroit, tu passais une barrière en bois et tac, t'étais dedans.

ARNAUD

Quoi, dans l'arène ?

LUCAS

Il n'y avait que des mecs qui dansaient ensemble...

VINCENT

Et c'était bien avant *Brokeback Mountain*. Que des chapeaux de cow-boys qui dansaient ensemble.

LUCAS

Le square dance, tu sais, les lignes, les coudes, on se frappe les genoux.

VINCENT

La folie, mon gars, à l'entrée du club, y avait un mec qui se faisait cirer les pompes, ça c'est Lucas, qui l'avait remarqué, ouais, c'était un cireur de boots. Une bombe !

ARNAUD

Ouais, y avait ça aux soirées Pork à New York. Tu connaissais Vincent ? Ou est-ce que c'était déjà fermé ? On ne te cirait pas les bottes, on te les léchait.

LUCAS

Ouais, y avait un mec qui voulait absolument me les lécher, tu te rappelles Vincent ? Le mec, il vient vers moi et il me dit un truc, mais j'ai rien compris, je lui demande, c'est quoi, une nouvelle pratique sexuelle ? Le mec, il me dit, je te donne cinquante dollars pour te lécher les pieds. J'étais en short, avec des baskets, sans chaussettes. De Dieu, mon gars, je lui dis, mort de rire, tu vas devoir t'accrocher ! Y avait aussi Capitaine Cook, tu te souviens Vincent ?

VINCENT

J'te jure, on a rencontré un mec dans le quartier, il voulait nous vendre sa femme !

ARNAUD

Vous avez vu du pays, les gars !

LUCAS

C'est sûr, et à deux, tu vois davantage.

VINCENT

Ouais. Hé Lucas, faut qu'on lui parle de Barbie.

LUCAS

De Barbie, mais bien sûr, tu peux.

VINCENT

Non, raconte.

ARNAUD

Toujours à Denver ?

LUCAS

Ouais, toujours à Denver, on était dans un autre club gay. Vincent, lui, il se trouve tout de suite un cow-boy, genre cinquante balais. Moi, je me trouve planté comme un blaireau et Vincent, du coup, il chope une drag-queen, une belle blonde, comme ça et lui dit, tu vois mon pote, là-bas, il est tout seul, tu ne voudrais pas... Et elle est venue vers moi, je commence à causer avec cette meuf.

VINCENT

Géniale, la meuf...

LUCAS

Une tchatche, super-drôle, elle a fait tout un numéro comme quoi j'étais son mec pour la soirée.

VINCENT

Et toutes les autres drag-queens qui arrivaient, elle les dégageait, ah, c'était une killeuse, elle avait mis le paquet. Lucas, il en menait pas large.

LUCAS

Elle était géniale, complètement naturelle... Magnifique, franchement, elle était canon. J'aurais bien fini la nuit avec, mais elle n'avait pas envie.

ARNAUD

Pourquoi ?

LUCAS

Elle a préféré qu'on reste pote. Barbie. Miss Barbie, elle était très cool.

ARNAUD

Excellent !

VINCENT

Moi, j'ai fini avec ce mec et j'ai jamais été aussi cochon de ma vie.

ARNAUD

Ah, ouais ? Et vous avez fait quoi, vous avez baisé dans le club ?

VINCENT

T'es con, j'ai jamais été du genre exhibitionniste. Non, on est allé chez lui, c'était un psychiatre, il avait un super-appart, c'était de la folie.

ARNAUD

Ah, les psychiatres, ils aiment perdre le contrôle...

LUCAS

Quand on est arrivé à Denver, il faisait encore jour, on est parti faire un tour, c'est pas très beau comme ville, t'as pas idée.

VINCENT

Y avait que des grunges !

LUCAS

C'est vrai, ils avaient tous des têtes de Kurt Cobain, c'était nul. Il n'y avait pas de magasins. Il n'y avait rien. On se faisait chier. Il faisait beau, mais y avait rien à voir, rien à faire, quoi. Les gens n'étaient vraiment pas sexy.

VINCENT

On s'est dit qu'on se promènerait un peu le soir avant de reprendre la route et, pour finir, c'est dans cette ville qu'on s'est le plus amusé.

ARNAUD

Kerouac, aussi, s'est vachement amusé dans cette ville. Il y a des super-scènes. Entre nos deux rendez-vous, j'ai pas pu m'empêcher de relire *On the road*.

LUCAS

Ah, ouais, faut qu'on te raconte le plan, Arnaud, à Denver, on est rentré dans une immense limousine louée par des Blacks, ils étaient complètement bourrés, ils étaient avec leurs meufs. La voiture était garée, musique à donf. Avec Vincent, tu vois, on entre dans la voiture. Il n'y avait que des Blacks, des yo super-bien fringués, la totale, ils nous ont regardés, on a fait pareil, y avait des bouteilles, direct on se sert un verre de whisky et on commence à discuter. Les mecs, c'était des tueurs, ils ne savaient pas ce qu'ils devaient faire, s'il fallait nous foutre dehors ou pas, nous, on rigolait, on s'est même pris en photo et on s'est tiré.

ARNAUD

Attends, je ne visualise pas. Vous avez fait un trajet dans cette limo ?

LUCAS

Non, non, ça s'est passé devant le club, à l'arrêt. On est entré d'un côté, on s'est servi un whisky et on est ressorti de l'autre côté. Leurs meufs, elles étaient mortes de rire. Les mecs, ils n'ont pas compris ce qui se passait.

ARNAUD

Et vous, vous compreniez ce que vous faisiez ?

LUCAS

Non !

VINCENT

On était complètement bourré.

ARNAUD

Vous auriez pu vous faire massacrer !

VINCENT

Ce n'était pas du suicide. On était invincible.

LUCAS

Tu rentres dans une voiture aux vitres teintées, tu sais, ces longues limousines, celle-là était blanche, un 4 × 4, avec des lumières sur les côtés, dix nanas, sept mecs, c'était immense comme truc. Les verres en cristal à la JR, tu te sers un verre et hop, tu commences à causer avec les mecs. Vincent, tu te souviens, tu les as pris en photo.

ARNAUD

Elles sont où ces photos ?

LUCAS

Tu te rappelles pas que tu en as pris ?

VINCENT

Attends...

LUCAS

Quoi, t'avais encore une fois pas de film ?

VINCENT

Non, c'était leur appareil photo, on sortait bouffer, je ne devais pas avoir le mien, j'te rappelle !

ARNAUD

Vincent, en tout cas, quand tu m'as montré ton book de votre traversée, je ne me souviens pas avoir vu ces photos.

VINCENT

Mais t'as pas tout vu, mon gars ! Attends, t'as même pas vu la moitié.

ARNAUD

Faudrait peut-être t'y mettre. Et le club de motards, c'était avant d'arriver à Denver ?

LUCAS

Non, c'était après, en allant vers la base militaire.

ARNAUD

Tu m'avais montré les portraits des Hell's Angels, si j'ai bonne mémoire.

LUCAS

Là aussi, on a débarqué au milieu d'une bande de tueurs.

ARNAUD

Et vous les aviez rencontrés où ? Dans un bar ?

VINCENT

Au bord de la route, dans une baraque en bois, j'te dis, partout et tout le temps, dans n'importe quel endroit, on débarquait et boum, c'était des rencontres incroyables.

LUCAS

À part ça, au tout début du plan coke, j'ai dit à Vincent, je me paie une Harley. Et il m'a tout de suite dit, ouais, OK. C'est tout ce dont j'avais envie. Une Harley.

ARNAUD

Et tu l'as eue ?

LUCAS

Je l'ai eue et je l'ai encore. Il m'a uniquement dit, ouais, ouais, OK, c'est bon. C'était le truc. Quand on est arrivé devant ce bar et qu'il y avait toutes ces bécanes, je lui ai dit, oh, on s'arrête, je veux voir, je dois y aller.

VINCENT

Putain, on a bien fait de s'être arrêté.

LUCAS

J'pense que, aujourd'hui je serais un Hell's Angels si je n'avais pas d'enfant ou je ferais partie d'une confrérie, quelque chose comme ça. J'aime beaucoup cette fraternité, cette solidarité. J'aime l'idée du groupe. Tu sais, j'aime beaucoup les hiérarchies, suis pas du tout un fan de l'armée, mais j'aime le type qui dit, c'est comme ça, l'autre qui dit OK. Tu vois, simple. Direct. Ce qui est sûr, c'est que je suis contre l'argent. J'aime le troc.

ARNAUD

T'aimes les ordres ?

LUCAS

Ça ne me dérange pas du tout, tant que les choses sont bien réglées. Le chef, il dirige. Faut pas que le mec soit un con ou ait des idées connes, on est d'accord... Et on est entré dans ce bar.

ARNAUD

C'était la première fois que t'en rencontrais ?

LUCAS

Non, j'en connaissais quelques-uns et quand j'habitais à New York, il y a plus de dix ans, j'étais pas loin de leur rue.

ARNAUD

Ouais, vers la sixième, ils sont ailleurs, maintenant.

VINCENT

À quelques blocs.

LUCAS

J'en connais à Amsterdam, ils sont très cool.

ARNAUD

Et c'est la même mentalité qu'aux States ?

LUCAS

C'est le même système.

ARNAUD

Tu dois avoir flingué quelqu'un pour en faire partie, non ?

LUCAS

Non, non, c'est faux.

ARNAUD

Aux States, c'est pas ça ?

LUCAS

Non, y a beaucoup de gens qui disent qu'il faut faire ceci ou cela, mais, non, c'est pas du tout ça ! Lis, une fois, le bouquin, *Hell's Angel : The Life and Times of Sonny Barger.*

ARNAUD

De qui ?

LUCAS

De Sonny Barger, le mec, c'est le type qui a inventé les règles des Hell's Angels. Il a une soixantaine d'années. Il explique sa vie, les débuts dans les années soixante. Il y a tout, jusqu'à aujourd'hui. C'est intéressant, il parle de drogues, de LSD, de cocaïne, de gonzesses, de prison, de jugement et aussi de comment détourner une accusation.

ARNAUD

Hum... En deux mots, ils vivent comment et de quoi ?

LUCAS

Ils bossent.

ARNAUD

Ils ne sont pas tout le temps sur la route ? J'ai cru qu'ils étaient nomades ?

LUCAS

Non.

ARNAUD

Ils ont des baraques ?

LUCAS

Ils ont des baraques, des voitures et des motos.

ARNAUD

Je ne les voyais que sur leur bécane à traverser le monde.

LUCAS

À la base, c'est ça, même si c'est un peu une mafia qui met ça sous l'effigie de la moto, c'est toujours la moto qui les réunit.

ARNAUD

Genre franc-maçonnerie ?

LUCAS

Les mecs, ils sont... Ils sont hyperclairs, sont hyperhonnêtes, si t'es...

ARNAUD

Et c'est pas du deal ?

LUCAS

Y a certainement de ça, il y a tellement de gens, j'sais pas combien, y a j'sais pas combien de pays.

ARNAUD

Tu te souviens, ils étaient juste de l'autre côté du terrain de jeux, chez Lars et Thomas, à Amsterdam.

LUCAS

Exactement, tu te rappelles ?

ARNAUD

Ouais, j'avais passé un week-end juste après toi, avec mon mec de l'époque, un danseur.

VINCENT

Ah, ouais, il s'appelait comment ?

ARNAUD

Etienne, putain, le corps qu'il avait...

LUCAS

Bref, les mecs, je veux pas vous déranger, mais, qu'est-ce que je voulais dire, j'ai perdu le fil, ouais, et bien, la prochaine fois que tu te trouves près d'un de leur centre, tu vas chez eux et tu sonnes.

ARNAUD

Évidemment, et je leur dis que je viens de ta part ? Je ne l'ai pas fait ni à New York ni à Amsterdam, c'est pas demain que je le ferai.

LUCAS

Je sais, on a toujours les jetons. C'est normal, et puis, tu sais, y en a des très cons, des super-cons et aussi des super super-cons.

ARNAUD

Comme partout. Y a plus de miracles ! Et dans votre bar, ils venaient d'où, ils allaient où ?

LUCAS

Ils venaient d'Arizona et faisaient un tour dans le Colorado. Par contre, eux, ils étaient super-cool.

ARNAUD

Vous entrez dans ce bar...

LUCAS

Tu vois, t'es en pleine nature, sur une route de montagne, tu vois un bar avec cinquante bécanes dehors, ouais, tu t'arrêtes. Tu sais, t'as un petit truc qui fait le bar, pas plus de dix mètres carrés, et derrière, t'as le toit qui devait avoir au moins cent mètres carrés, avec des grandes tables. Les mecs, ils étaient tous à se demander qui on était, et, je pense, à la base, que personne n'ose entrer quand ils sont là. Mais nous, on entre avec nos sandwichs, nos hot-dogs, tout le monde s'arrête de parler. On se met l'un à côté de l'autre à une table, on commence à bouffer. On parlait assez fort en français, ils voyaient qu'on n'était pas de là et, à un moment donné, y a un mec, il me... ils nous appellent, je le regarde, je lui fais un signe de la main, le mec y vient, j'lui dis qu'on fait un voyage, mon pote est photographe et il aimerait beaucoup vous prendre en photo ! Le mec, tout surpris, il part, il en a parlé à deux autres mecs. J'te dis, ils sont tellement fiers les mecs, qu'ils nous disent, OK. Et ils y sont tous passés, à tour de rôle, Vincent les prenait en photo et c'est comme ça qu'on a commencé à causer, vous venez d'où, y a pas eu d'histoire quoi, cinquante Hells Angels dans un bar, leurs nanas nous dévisageaient, il n'y avait pas que des beautés !

ARNAUD

Vous aviez une confiance totale. Au culot !

VINCENT

C'est ça, ouais. C'était direct. Droit au but. Sans tourner autour du pot.

LUCAS

Dans ma tête, il ne pouvait rien m'arriver, franchement. Les tours, il me semble, qu'elles étaient déjà tombées.

VINCENT

Y avait quelque chose de fin du monde.

LUCAS

Elles ont été abattues.

ARNAUD

Tu parles de quoi ?

VINCENT

Les tours.

LUCAS

Il ne pouvait rien nous arriver.

VINCENT

On n'avait pas une once d'agressivité en nous. C'est surtout ça, je pense.

ARNAUD

Vous oubliez les prises de tête à chaque fois que vous arriviez dans une ville ?

VINCENT

Très drôle. Ça n'a rien à voir. On était électrique, mais bon, tout en gardant un côté cool, sinon tu vois le bordel.

ARNAUD

J'adore, on a quand même tous beaucoup voyagé, mais le premier jour dans une ville que tu connais pas, les premières heures, ça fait complètement flipper.

LUCAS

T'es trop à te dire, mais que va-t-il se passer ?

ARNAUD

Exactement !

VINCENT

Tu vois, nous, on était tellement à la fraîche, pas organisé, des vrais hippies.

ARNAUD

Excuse-moi, avec le récit que tu me donnes, peut-être bien que vous n'étiez pas très organisés, mais vous vous pointiez n'importe où, vous aviez toujours un lit et un toit pour dormir. Le but, c'était d'atteindre San Francisco ? Et vous aviez un, deux mois.

Il se retourne de sa chaise. Derrière lui, son chien le regarde d'un air suppliant.

ARNAUD

Qu'est-ce qu'il y a mon chien ? Mais, oui, t'es le plus beau, mais t'es aussi stupide, quoi, hein, ben ouais, j'vois bien, c'est la chouette, c'est pas nouveau.

LUCAS

Quoi ?

VINCENT

C'est à cause du chat ?

ARNAUD

Ouais, il n'ose plus retourner sur le fauteuil, elle s'est couchée en plein milieu, hé, mon beau, tu te démerdes !

VINCENT

Allez, le chien, vas-y, pousse-la.

LUCAS

Mais, fous-la dehors, quelle pute, enfin !

VINCENT

Non, sérieusement, tu vois, on n'avait pas d'adresses d'hôtels ou de trucs comme ça, on allait au petit bonheur la chance.

ARNAUD

Mais, qu'est-ce qui vous faisait décider tout d'un coup de vous dire, après x jours, voilà on se tire, vous étiez toujours en accord ?

LUCAS

En fait, c'était super-cool. Un jour, on se disait, on fait quoi demain, on se tire ? Et on se tirait. On arrivait dans des villes en se disant on va rester quelques jours et puis on réalisait que c'était nul à chier et on se barrait.

ARNAUD

On a tous voyagé avec des potes et ça se passe rarement comme ça, on est d'accord ?

LUCAS

Tu cherches la merde, Arnaud ?

VINCENT

Ça s'est super-bien passé. Mais, tu sais Arnaud, notre voyage...

ARNAUD

Tu veux parler de Florence ?

VINCENT

Ouais, quand on s'est tiré tous les deux pour le week-end de Pâques, j'en garde que des bons souvenirs, moi.

ARNAUD

Moi, je n'y repense pas vraiment. J'étais mal et je regrette ce voyage.

VINCENT

Ce serait l'occasion de faire un trait dessus. Putain, oublie, mon gars ! Tu te fais du mal pour rien.

ARNAUD

Je sais.

VINCENT

Comme dans la chanson d'Elli Medeiros, *Toi, toi mon toit*, quand elle dit : « Les papillons en l'air, et les fourmis par terre, chacun est à sa place » !

LUCAS

Hé, Vincent, on s'est quand même pris la tête.

ARNAUD

Merci, vous commenciez à m'angoisser.

VINCENT

Ouais, mais, attends, il n'y avait pas de rancune, c'était tout de suite liquidé.

LUCAS

Et toi, Vincent, t'as quelque chose d'unique, les prises de tête avec toi ne durent jamais longtemps. T'arrives très vite à passer à autre chose. Tu es déconcertant de facilité.

ARNAUD

C'est une grande qualité.

Silence.

LUCAS

Les chattes, c'est des salopes de première.

ARNAUD

Tu l'as toujours ton chat, Vincent ?

VINCENT

J'l'aurai toujours, mon chat, j'ai calculé, avec son espérance de vie, j'aurai à peine cinquante ans quand il partira, c'est cool. J'aurai le temps d'en reprendre un.

ARNAUD

Putain, j'ai même pas envie de penser à la fin de mes trente-cinq ans.

LUCAS

Tu vois, moi, j'ai trente-quatre.

ARNAUD

Toi, tu connais la paternité, t'as deux gosses déjà, avec deux femmes différentes. Vincent et moi, peut-être bien qu'on pourra connaître ce lien, j'en sais rien, mais ça doit être assez rassurant. Ça reste de l'ordre du fantasme.

VINCENT

Tu lui as raconté ce que t'as fait sur le mur, dans leur chambre ?

LUCAS

Moi, c'est maintenant que je commence à apprécier mon fils, t'imagines ?

ARNAUD

T'étais peut-être pas fait pour les bébés !

LUCAS

Julien, il est chou, il a de l'humour, il te balance de ces trucs, il voit exactement où est ton point faible, il voit un problème, il y va direct.

ARNAUD

Il a quel âge ?

LUCAS

Neuf ans et demi, tu l'as vu récemment ?

ARNAUD

Je crois que ça doit faire plus de trois ans que je ne l'ai pas vu. Peut-être même quatre ans. Ton fils, je ne l'ai jamais vraiment connu, j'étais pas dans les parages. Je venais d'arriver à New York et je bossais comme un fou. Et, ce dont je me souviens, c'est que les quelques fois où je l'ai vu, c'est comme si je te voyais. Julien, c'est ta gueule sur un corps de gosse.

LUCAS

Un jour, Emma m'appelle, elle me dit que ça va pas du tout, que Julien fout la merde à l'école, elle voulait que je parle avec la maîtresse. Je vais voir la maîtresse, Julien est à côté d'elle, j'te jure, j'ai eu l'impression que c'était moi, gamin, je disais les mêmes conneries. Exactement les mêmes. Je dis à la maîtresse que j'vois pas où est le problème, je ne sais pas si ça a changé, si on permet moins de choses, mais les gosses, ça se tape, ils ont besoin de savoir qui est le plus fort. Julien, il a neuf ans et demi, il est plus grand que les gosses de onze ans, il chausse du trente-huit, il est immense.

VINCENT

T'as vu la carrure que t'as, Lucas ?

LUCAS

Il est aussi grand qu'Emma, maintenant il est à ça de sa mère, tu vois.

VINCENT

Il est costaud, tu te souviens quand il était petit, c'était déjà un sacré morceau. Oh, et tu te souviens, Arnaud, la première fois qu'on est venu le voir, il avait un ou deux mois, on avait acheté une Barbie et une voiture, et on les lui avait mis devant lui, en se demandant ce qu'il choisirait.

ARNAUD

Putain, la mémoire que t'as. J'avais complètement oublié. Je me souviens de ta gueule, Lucas, tu ne trouvais pas ça très amusant. Quand on avait dit à Julien, OK, qu'est-ce que tu préfères... Il avait finalement tendu son bras vers la voiture. Nous, on était mort de rire, on avait certainement déjà trop fumé, et toi, tu n'en menais pas large... On peut dire que t'as vachement changé.

LUCAS

Il est excellent, j'te dis, j'adore son humour, je le découvre à chaque week-end.

ARNAUD

Le sens de l'humour... C'est la base de la réussite, tu vas où tu veux.

VINCENT

Tu captes tout, tu ne te prends pas au sérieux. Les gens t'apprécient et même s'ils ne t'apprécient pas, c'est pas important, ça veut dire aussi qu'il a confiance en lui.

ARNAUD

Pourquoi on en est arrivé là ?

LUCAS

J'sais pas.

VINCENT

Parce que tout allait bien, c'est con, mais c'est comme ça.

Un homme remplit les trois verres de vodka et reprend la discussion.

ARNAUD

On parlait du bar, des Hells Angels, Lucas, tu fais le premier contact, Vincent tu les prends en photo, et ensuite ?

VINCENT

Quoi ? Rien, on s'est tiré.

LUCAS

À part ça, c'est une région magnifique.

VINCENT

Ensuite, le même jour, on s'est retrouvé dans un camp miliaire.

LUCAS

Et là, il ne voulait pas prendre son appareil photo !

ARNAUD

J'imagine que vous avez trouvé cette base par hasard ?

VINCENT

Ouais, on était sur une route et on a vu un panneau indiquant Air Base Force, on est allé voir.

LUCAS

On arrive dans une base militaire, au milieu des montagnes. On visite. Les baraquements étaient répartis autour d'une place, grande comme dix terrains de foot. Tout était parfaitement aligné, avec des carrés de pelouse de dix sur dix qui partagent le terrain. Comme ça, en quinconce. Ce devait être les premières années ou je ne sais pas, ils étaient en file indienne et devaient marcher sur ces putains de lignes. Les autres, plus âgés, pouvaient couper à travers. La hiérarchie, dans ce genre de milieu, c'est marche ou crève.

VINCENT

Ce devait être les promotions quand les recrues pouvaient rentrer chez eux. On a assisté à toute la cérémonie. Au centre, il y avait une petite colline et ils y étaient tous regroupés. À un moment donné, quelqu'un a hurlé, ils se sont tous couchés et ont fait des pompes. Yeah, yeah, yeah, putain, ils gueulaient tous. Ensuite, ils se sont levés. Ils ont encore gueulé une fois Yeah ! Et se sont mis à courir dans tous les sens et c'était fini.

VINCENT

Non mais tu vois, on tombe sur cette école et sur la cérémonie !

ARNAUD

Et vous dormiez où ? Dans des motels que vous trouviez sur la route, pas forcément dans les villes ? J'avais adoré quand j'avais roulé jusqu'à la Nouvelle-Orléans.

VINCENT

On s'est souvent arrêté dans ces petits motels, au bord de la route. Ça avait tout son charme. J'ai fait pas mal de photo des chambres où on a dormi, j'en ai toute une série.

ARNAUD

Je veux voir, putain. Tu fais chier ! Fais gaffe, Vincent, de ne pas les réveiller brusquement.

VINCENT

Bonsoir !

LUCAS

Ils sont trop cool, ces deux, hein. De Dieu, comme ils sont zen, le petit chat, il est mortel, t'as vu la gueule qu'il a ?

ARNAUD

Et puis, dis-moi Lucas, comment s'est passée ta détox ?

LUCAS

La meuf a essayé de me donner des médocs.

ARNAUD

T'as pas pris les médocs ?

LUCAS

J'en ai pris, mais uniquement pendant la première semaine, je ne pouvais pas me voir en train de prendre ces pilules.

ARNAUD

Tu l'as revue ?

LUCAS

J'y suis retourné une fois.

ARNAUD

Qu'une fois ?

LUCAS

Ouais, tu sais, elle voulait que je revienne, pour prendre de la métha et là, j'ai dit, non, ça, c'est pas pour moi. C'est pas moi. J'ai été la voir, je suis sorti de la pièce, j'ai fermé la porte, j'ai balancé les médocs et c'était bon, quoi. C'était super-dur pendant deux semaines. Mais voilà, je m'en suis sorti. J'suis cool.

Silence.

ARNAUD

Bon les mecs, vous avez fini, j'peux débarrasser ?

VINCENT

Ouais, attends, j'te donne un coup de main.

LUCAS

Et désolé, mais moi, faut que je me tire, je bosse super-tôt demain. Faut qu'on se revoie, de toute façon. Y a encore tellement de trucs à raconter.

Il se lève de table, cherche ses clés, embrasse les deux hommes, les quitte en leur disant qu'il fera un brunch avant que Vincent rentre à New York. Vincent décide de rester au moulin pour profiter des derniers jours à la campagne. Ils sont à la cuisine, ils rangent. Pendant qu'Arnaud fait la vaisselle, Vincent roule un joint. Le bruit de la vaisselle empêche que l'on entende le début de leur discussion.

ARNAUD

Parce qu'on a complètement perdu le contact avec. Pour moi, le désir, ça s'approche de... C'est autant ton désir et que le désir de l'autre, ça s'approche de la communication charnelle...

VINCENT

Et tu sais ce que Lucas racontait, par rapport à ses fantasmes... Il n'a pas vécu ce que, nous, on a vécu. Il n'a pas eu cette liberté, mais il s'est bien rattrapé. Il était comme une bombe à retardement

ARNAUD

Je vois.

VINCENT

Ouais, justement, le sexe, la soif du sexe, sans aucun attachement, le fantasme qui devient réalité, c'est marrant, quand on a goûté à toutes ces pratiques...

ARNAUD

Tu parles de performance ?

VINCENT

De performance, ouais, finalement, j'ai découvert que ce qui me fait le plus bander, c'est le désir. La prochaine fois que je tombe amoureux, je ne le toucherai pas pendant les trois premières semaines. On va faire monter le thermomètre !

ARNAUD

J'ose pas imaginer la souffrance !

VINCENT

D'abord la rencontre, sans cul. Tout axer sur les mots, les attentions, la patience, ouais, sur le temps, revenir aux plans traditionnels ? Ça me changera.

ARNAUD

Sais pas. Sais pas comment je ferais, mais je m'en réjouis déjà.

VINCENT

À part ça, aujourd'hui, je suis à nouveau seul.

ARNAUD

Moi aussi, j'te rassure.

VINCENT

Ecoute ça, s'il te plaît... *Where He At ?* de Raz Ohara and the Odd Orchestra, c'est pas magnifique ? Ah... Lucas.

FIN

Je remercie tout spécialement Guiseppe Pocetti, Jean-Pierre Baux, Lisa Ano, David Hominal, Francine Aubert, Nan Goldin, Pascale Hug, Elisabeth Bergman, Laurence Favreau, Pascale Willi, Deidre Sommerbell, Gwen Petit-Pierre, Axelle LeDauphin, Olivier Giugni, Fabrice Gygi, Valentin Carron, Kris van Assche, Guillaume Robert, Guillaume Dustan, Patrick Thévenin, Tom Pécheux, Thierry Billard, Philippe et Mathilde Lacoste, Pierre-Alain Schmied, Michel Henry, Stéphane Bourhis, Hervé Mikaeloff, Guillaume Dambier, Laurence Kleinknecht, Étienne Daho, Christophe et Fabienne Stucki, Roger et Daisy, Catherine Pages, Fab, Solène Canti, Anne-Laure Pages, Pierre-Henri Winzapp, Marie et Agathe, Charly Jr., Aurélia Chabrillat, Thomas, Karine, Yasmina Yovanovic, Sophie Bergé, Nicolas Gœi, Jérôme Curchod, Dominique Saudan, Caroline Nicod, Stephane Favre, Caroline Vogelsang, Valérie Rusca, Claire-Marie Pévérelli, Nina et Alex, Alice et Juliette, Michèle Sandoz, Largo, Rosi, Johnny, Shari, Nathalie Kotliard, Fabienne, Corinne Bedert, Fabrice Fenollar, François Cesalli, Daniel Isoz, Daniel Marmier, Fabien Cerutti, Francis Mesner, Javier Vargas, Bob Burnett, Didier Charbon, Pierre

Keller, Blaise Hatt-Arnold, Michael Zilkha, Jeffrey Peabody, Joey Gabriel, Yul Brynner, Victoria Brynner, Gino Sullivan, Allan Louis et Fabio Franciosi.

[redacted] [redacted]

9134

Composition Nord Compo
Achevé d'imprimer en Espagne
par Litografia Rosés
le 17 février 2010.
Dépôt légal février 2010. EAN : 9782290019344

Éditions J'ai lu
87, quai Panhard-et-Levassor, 75013 Paris
Diffusion France et étranger : Flammarion